JN036728

設展示室　Permanent Collection

群《ぐん》青《じょう》 The Color of Life

朝、目覚めると、世界が窮屈になっていた。

美青《みさお》はしばらく身動きせずに、天井の一点をじっとみつめていた。いつも目が覚めてまず目に入るのは、確かに自分の部屋で、自分のベッドの中にいる。窓辺近く、天井から吊《つ》り下げている。アレキサンダー・カルダーのレプリカのモビール。黒い魚のような形が、空気のかすかな動きに反応して揺れている。

遠くで車のクラクションがときおり鳴り響く。そのあいだを駆け抜けて消えていく救急車のサイレンの音。

上半身を起こして、部屋を見回してみる。

ニューヨーク、マンハッタンのダウンタウン、イーストヴィレッジにある古いアパート。

煉瓦《れんが》を白く塗った壁と、白っぽいメープルの床材が、陽の当たらない部屋を明るく見せてくれるのが気に入っている。築七十年エレベーター無しの五階で、家賃は美青の収入の二分の一にもなるが、周辺の相場に比べれば安かった。勤め先の美術館まで、地下鉄で一本、通勤時間は三十分もあればいい。多少の無理を覚悟で思い切って借りた。そもそもブランド品や高級な食事などにはあまり興味がないのだ。そこそこにおいしく素朴な食事と、「アン・クライン・ロフト」のバーゲンで買った三十ドルのスカートとシャツ。それでじゅうぶん満足だ。それよりも、アフターファイブにもできるだけギャラリーや美術館を見て回れるように、ニューヨークの中心部で暮らすことのほうが重要だった。

部屋はスタジオタイプで、日本で言えばワンルームだ。けれど日本と違って、天井がすこんと高いのも気に入っている。引っ越してすぐ、美青はまず、カルダーのモビールを飾った。引っ越し祝いに、東京で暮らす母がプレゼントしてくれたものだ。

あれから、五年。

とくに模様替えをするでもなく、もとより少ない給料だから物を増やせるわけでもない。シングルベッドと、木製のデスクと椅子《いす》。小さめのソファ、小ぶりなチェスト、その上に置いた小型テレビ。何もかもが控えめな部屋だが、もともとが窮屈な部屋ではあるのだ。

それなのに、その朝、部屋がいっそう窮屈に感じられたのはなぜなのだろう。枕《まくら》もとのリモコンを手にして、テレビをつける。ローカル局「NY1」のモーニングキャスター、パット・キャーナンのきまじめそうな顔が現れる。

『マンハッタンのお天気です。午前中は強い風、午後には一時雪、夜はおおむね晴れるでしょう。気温は華氏二十度……』

小さなテレビの箱の中に、風のマーク、雪のマーク、月と星のマークがぼんやりと並んで見える。美青は目を凝らした。

テレビ画面がやけに小さい。目をこすってもう一度見たが、変わらない。テレビを含む視界全体がぎゅっと圧縮されてしまったような感じだ。これはまた視力が落ちたのかと、ベッドを抜け出して、デスクの上に放り出していた眼鏡をかける。子供の頃から目が悪く、視力〇・一には三十年以上の歴史がある。コンタクトレンズが体質に合わず、眼鏡は手放せなかった。こんなに視力が弱くても、美術館に勤めていられるのが不思議といえば不思議だ。

幼い頃からマンガや美術が好きで、自分でも描いたし、美術史の本を暗い所で一心に読み耽《ふけ》ったりしたのが、美青の視力をさらに弱めることになったのかもしれない。けれど、そうして熱中したおかげで、世界でも有数の美術館に勤務することができたのだ、とも思う。

眼鏡をかけると、パット・キャーナンのブロンドの七三に分けた髪の一本一本もはっきり見える気がした。ほっとして、そのままキッチンへ向かう。

コーヒーを入れ、きのうデリで買っておいたベーグルをトースターで焼く。小さなボウルにシリアルをいれて、牛乳を注ぐ。立ったままシリアルをスプーンですくって食べながら、テレビを眺める。

『メトロポリタン美術館が、新しい教育プログラムとワークショップの開催を発表しました』

「あれ。これって、今日オンエアだったんだ」

美青は声に出して言った。テレビのすぐ前に移動すると、かじりつくように画面をみつめる。

画面には、何人かの子供たちが美術館のギャラリー内で、膝《ひざ》を抱えて学芸員《キュレーター》の話に聞き入る様子が映し出されている。続いて、美青の上司、メトロポリタン美術館の教育部門、シニアプログラマーのアネット・ジェイソンが登場した。

『この教育プログラムは、知的障害を持つ子供たちや、聴覚障害を持つ子供たちなど、それぞれの障害の内容を考慮しながら、当館の担当キュレーターがコレクションを解説する、というものです』

アネットのインタビューは、メトロポリタン美術館、通称メトの印象派コレクションのギャラリーで行われていた。インタビューがあることは知っていたが、美青は蚊《か》帳《や》の外だった。ほかの雑務が忙しく、とてもじゃないが取材には立ち会えなかった。

『子供たちにより親しみを感じてもらえるように、平易な解説や手話によるコミュニケーションに重点を置きました。ええ、もちろんキュレーター自身も楽しみにしていますよ。子供たちと直接触れ合うすばらしい機会ですから』

カメラ目線でにっこりと笑いかける。テレビ映りを意識したのか、真っ赤なタートルネックのセーターにパールのネックレスをしている。普段はそっけない黒のセーターに赤毛をひっつめて束ねているのに。美青は少しおかしくなった。

今日放映されるってことぐらい、教えてくれればいいのに。

こんなふうに、美青のボスは、いつも少し意地悪なのだった。

日本人はメトのスタッフの中ではかなりのマイノリティーだ。展示作業員や警備員に黒人やアジア系スタッフはいたが、教育部門、ましてや学芸部門にはほとんどいない。名門美術館の花形部門を占めるのは、良家の子女やハーバードやオックスフォードで博士号を取った超エリートばかりだった。

彼らの中には気さくで人なつこい人物もいるにはいるが、ほとんどはエリート意識の鎧《よろい》をがちがちに着こんで、近づきがたいオーラを放っている人たちだ。こういう人々は、美青たちのようないわゆるマイノリティーに必要以上に優しく接するが、決して一線を越えさせないように注意深くバリアーを張っているのが常だった。

上司のアネットは超がつくほどのエリートとは言い難かったが、それでも美術館教育の分野では、米国内のそうそうたる美術館を渡り歩いたキャリアを持つ。「ジョージが言うにはね……」などと個人名を話に持ち出すと、それは、かつて勤めたワシントンナショナルギャラリーの主任学芸員《シニアキュレーター》のジョージ・スティーヴンソンのことだったりする。美青は、アメリカの特権階級とも呼べる立場にいる人たちのさりげない自慢話に最初はなかなか慣れなかった。日本人の場合は露骨な自慢話をすれば嫌われてしまう。けれどこの国では、そしてこの業界では、どれだけさりげなく自慢できるかがエリートの指標になっているんじゃないかと思うくらい、それが頻繁《ひんぱん》なのだ。

しょせん、NY1なんてローカル局だからね。

テレビ取材が入ると決まったとき、アネットはつんとして言っていた。

――これだけ有意義なプログラムをやろうとしてるんだから、FOX5だって取材にくればいいのに。ミサオ、広報担当のブリンダにもっとちゃんとアピールしなくちゃだめよ。

もちろん、美青が出席する各部署と広報部との連絡会議でこのプログラムを一押ししておいた。けれど、広報どころか館全体が来春の大型展のプロモーションに全精力を傾注している。障害を持った子供を対象にした教育プログラムなど、巨額の経費が動く大型展の前では嵐《あらし》の中のキャンドルのように吹き消されてしまう。

NY1の取材をとってきただけでも、すごいと思うけど。

そう思っても決して口にはしない。アシスタントプログラマーとしての立場をわきまえなければ、癇癪《かんしゃく》持ちのアネットに何を言われるかわからないのだから。

クローゼットから黒いセーターとパンツを出して身に着け、簡単なメイクをする。出かける準備は五分もあれば十分だ。ダウンジャケットを着こんでバッグを下げると、部屋を出た。

階段を下りようとすると、隣人のウォルターが自転車を担《かつ》いで上がってくるところだった。

「ハイ、ミサオ。今朝NY1にメトの人が出てたね。知り合い？」

NY1の朝の時間帯は同じトピックを何度も流す。ほら結構効果あるじゃない、と思いながら、美青は答えた。

「私のボスよ。いつも黒のタートル着てるんだけど、今日は赤だった。初めて見たわ」

「ああ、わかるよその気持ち。僕も道を歩いてて、NY1のボビー・クーザにマイクを突きつけられたときにはうらめしかったな。『なんで五年まえのギャップのTシャツ着てるときにインタビューなんかするんだ?!』ってね」

出会いがしらに気の利《き》いた会話をするのも、ニューヨーカーのおもしろいところだ。

美青は、

「今後は四年以上まえのTシャツは着ないことね」

とやり返して、階段を下りようとした。その瞬間。

がくっと音がして、あっというまに踊り場まで背中でずり落ちてしまった。

「ミサオ?!」

ウォルターの叫び声がして、すぐに抱き起こされた。「っつ……痛あ」と、思わず日本語で唸《うな》った。

「大丈夫か? けがは? どこが痛い?」

「ああ、着こんでたから大丈夫よ。……ちょっと背中を打っただけ」

服をはたいて、美青は立ち上がった。ウォルターは、「そうか、よかった」と笑顔になった。

「なんだか、階段が急に狭くなっちゃったから」

美青がつぶやくと、「え？」とウォルターは不思議そうな顔をした。

「いつもの階段だけど？」

「わかってるって。冗談よ」

じゃあね、と手を振って、美青は階段を下りはじめた。今度は慎重に、決して足を踏み外さないように。


レキシントンラインに乗って86丁目《エイティシックス》駅で降り、三《スリー》ブロック西へ歩くと、高級住宅が連なるフィフス・アヴェニューに出る。その通り沿い、セントラルパークを背にそびえ立っている宮殿のような建物。美青の職場、メトロポリタン美術館だ。

世界でも有数のコレクションは、古代ギリシャから現代美術まで幅広い国と地域、ジャンルをカヴァーしている。三百万点以上もあるコレクションを一日で見て回るのはもちろん不可能だ。

銀行に勤めていた父の転勤で、美青は小学生のときニューヨークへやってきた。そしてこの美術館に出会った。スクールプログラムでクラスごと連れてこられて、ギャラリーでほんものの作品の前に陣取り、キュレーターの話を聞いたのだ。もともと美術が好きだったから、のめりこむようにコレクションを鑑賞したし、専門家の話にも聞き入った。コレクション自体もすばらしかったが、ギャラリーの真ん中にあぐらをかいて座ってもいい、ということに感動した。へたくそな英語で、キュレーターに質問したことを覚えている。

どうして、好きなポーズでアートを見てもいいんですか？

そのときの、キュレーターの答え。

あなたはまだ子供で、いまはみんなでこうして一緒に見ているから、好きなポーズをしたって、誰にも笑われないし注意もされないでしょ？　それでいいのよ。けれどもしも、あなたがひとりで、いちばん好きな作品の前にいるとしたら、どう？

まっすぐ立って、じいっとその作品をみつめるでしょう。あなたとその作品がふたりきりだったら、きっとまじめに向かい合うはずよ。

その通りだった。少女の美青は、自分の好きな作品をみつけると、その前にまっすぐ立ち、いつまでも動かなかった。しゃがんだり、あぐらをかいたりなんて、とてもできない。咳払《せきばら》いも、瞬《また》きも、呼吸することさえためらうほどに、集中してその作品を見た。

小学生に入場料を求める美術館はニューヨークにはなかった。友だちとの約束のない日はマンハッタンにあるさまざまな美術館へ通った。特にメトへ、ほんとうに足繁《あししげ》く。

ここから帰らなくてもいい方法って、ないのかな。

そんなふうにさえ思った。この場所が自分の家ならいいのにな、などと。

だから、高校生のとき、家族とともに日本へ帰国したものの、大学に留学するため再びアメリカへ戻った。ニューヨーク大学で美術史を学び、小さな美術館でインターンもして、この業界で生きていく基盤をなんとか作ろうと努力した。サンフランシスコ近代美術館の教育部門にようやく職をみつけたときは、安堵《あんど》もしたが、ニューヨークを離れることが少々さびしくもあった。

その後もメトで採用がないかと虎視眈々《こしたんたん》と狙《ねら》っていた。けれど、いかなる部門であれ、採用募集はなかなかかからない。学芸部門では相当なキャリアを要求されるし、一度キュレーターのポストを獲得しようものなら、その人物はちょっとやそっとのことでは動かない。実際、メトやニューヨーク近代美術館など著名な美術館のキュレーターたちは、二十年以上そのポストに座っていることも珍しくないのだ。サンフランシスコ近代美術館でも教育部門は学芸部門に続く人気セクションだ。だから、職がみつかっただけでもかなりの幸運だといってよかった。

やはり自分には、あの美術館は遠い存在だった。

サンフランシスコに定住を決めこみ、教育部門のアシスタントプログラマーとして十年近くがんばった。その間、昇進も昇給もなかった。年俸三百五十万円は安いと感じていたが、好きな仕事をできるのだからありがたいことだ、とも思っていた。

教育プログラムの交流で、メトのスタッフとやりとりしたこともある。自分と同じアシスタントプログラマー、キャロライン・セネディがまぶしく見えた。羨望《せんぼう》を胸に隠しつつ、美青は意欲的に両館の交流を試みた。

それが結局、功を奏したのだ、といまは思う。

ある日、オフィスの電話が鳴った。メトの教育部門ディレクター、ハロルド・ブキャナンからの電話だった。彼は沈痛な声色で、けれど積極的に美青に語りかけた。

あなたも知っているキャロライン・セネディが、病気で急逝《きゅうせい》しました。ついては、彼女のいたポストに、ご興味はありますか？

他人の不幸が自分の幸運につながった。最初は心苦しくもあったが、いまはもう、すっかり忘れてしまった。

とうとう、メトに就職、決まったよ。

そう報告したときの、父の、母の声。

よかった。がんばれよ、と父。

夢がかなったのね、と母。

嬉《うれ》しそうな、けれどどこかさびしそうな声だった。


美青、元気にしていますか。

東京はそろそろ春めいた日も多くなってきました。そちらはまだ寒いんでしょう？

お父さんは、暇さえあれば、うちのパソコンでNY1のホームページをチェックしています。「今日のマンハッタンは朝は強風で、昼はみぞれだ」と、まるで自分がこれからマンハッタンのオフィスへ出かけるみたいに。いまでもまだ、みんなで暮らしたニュージャージーの家から出勤している気分なのかもね。

今月いっぱいで、いよいよお父さんも定年です。

四月になったら、ふたりしてそちらへ行くからね。あなたが担当している教育プログラムにも参加してみたいな。障害児向けのワークショップ、すばらしいアイデアですね。熟年夫婦向けのワークショップなんて、あるのかしら？

風邪を引かずに、元気で過ごしてください。　　　　母

週に一、二度、東京の母からメールがくる。父と母、ふたりきりの日常を知らせる、たあいもない内容だ。

父との会話、コーラスのサークルでの友人とのやりとり、フラワーショップの顔なじみの女の子が勧めてくれた季節の花。父とふたりなのに、大きな土鍋《どなべ》で鍋料理を作ってしまい、いつも余らせてしまうこと。ささやかなできごとの数々が美青の心をほっとゆるませる。

こちらからのメールは、いきおい仕事の話ばかりになってしまう。新しい企画、今度関わるプログラムのこと、ワークショップが成功したこと、先週始まった展覧会が予想を上回る動員を記録した、とか。文字にはしないけれど、すごいでしょ？　と母に自慢したい気分があふれてしまう。

私はもう、日本へは帰らないの。

そんなメッセージを潜ませているつもりもあった。こんなにがんばっているんだから、好きな仕事をしているんだから。

美術館《メト》が、私の家なのだから。

三十五にもなって、恋人もなく、競争社会の権化《ごんげ》のようなニューヨークで、ひとりで張り詰めるようにして生きている娘を、それでも母は思いやってくれた。せっせとメールを書き、美青が好きな日本のお菓子や雑誌などをしょっちゅう国際便で送ってくれるのだった。

見るたびに、受け取るたびに、たまには帰らなくては、と思う。同時に、もっとがんばって上を目指すためにも、絶対にここを離れてはならない、とも。

「おはよう、ミサオ。ねえ、見た？　今朝のＮＹ１」

メトの職員通用口で、ハロルド・ブキャナンのアシスタント、ジュリアに声をかけられた。カードリーダーにＩＤパスをかざしながら、美青は「ええ。たまたまね」と答えた。

「私もたまたまだけど。アネット、あなたにも放映日、教えてくれなかったの？」

美青は苦笑いを浮かべて、質問に答えなかった。

長い廊下を通ってオフィスに到着すると、電話が鳴っている。急いで取ると、電話オペレーターが口早に言った。

『今朝のテレビの問い合わせです。どんどんきていますよ』

養護学校やボランティア団体など、次々に電話が入ってくる。その多くは、障害児向けプログラムに申しこむにはどうしたらいいのかという問い合わせだった。ジュリアも手伝ってくれたが、電話に対応するだけで午前中はつぶれてしまった。当のアネットはロサンゼルスへ出張で留守だ。ジュリアはうんざりしたように、「これじゃ仕事にならないわ」とぼやいた。

「ねえ、うちのホームページに、事前にプログラムの詳細アップしなかったの?」

もちろん、広報部とネットワーク部門にはとっくに依頼を出している。けれど、大きな組織でよくあることだが、大型展のプロモーションが最優先で、各部署の要望を細かく拾えていないのだ。

ようやく一段落したのは一時過ぎだった。美青はジュリアをスタッフ専用のカフェテリアへランチに誘った。手伝ってもらったから、と美青は二人分のランチ代を払った。少しふてくされていたジュリアは、「いいの?」と機嫌を直してくれた。

「でもさあ。正直、このプログラムやっていけるのかな。うちにちゃんとしたその筋の専門家がいるわけじゃないし」

グリーンサラダをつつきながら、ジュリアが言った。

「これだけ反響があるってことは、社会的に求められてるってことだと思うけど。障害者、しかも子供の受け入れ態勢については、もっとちゃんと検討したほうがいいんじゃないかなあ」

ジュリアの言うことはもっともだった。

さまざまなレベルの障害者を受け入れ、芸術作品により親しんでもらうために、どのような学習プログラムを組めばいいのか。障害者とのコミュニケーションを専門とするスタッフもいないのに、この企画を公《おおやけ》にしてしまった。猛烈に推し進めたのはアネットで、後押ししたのはハロルドだ。もちろん、最終的に承認したのは理事会だけれど。メトでは、公のプログラム実行に関して、ほとんどすべてのものに理事会の承認が必要なのだ。

人種や収入や障害の分け隔てなく、すべての人に開かれた美術館となる。それがメトのポリシーだ。実際、全館にバリアフリーの配慮を施してある。各国の言葉をしゃべれる案内ボランティアもいる。「開かれた美術館」としてのインフラは、十分に備わっているはずだ。

決して一部の金持ちのための場所ではないのだ、ということを、プログラムを通してアピールしたい――とは上層部の思いでもあるだろう。「障害児向けプログラムの実施」は、驚くほどあっさりと理事会を通過した。意地悪な見方をすれば、この国では、チャリティー以上に売名につながるものはないのだ。

携帯電話が鳴った。アネットからだった。電話に出るなり、『反響はどう？』と訊《き》いてきた。

美青は必要以上に弾んだ声を出した。

「すごい反響ですよ、アネット。午前中は電話が鳴りっぱなし。ジュリアが手伝ってくれて、なんとか切り抜けました」

『そうなの？　それで、新しいアポイントは入った？　FOX5とかCNNとか』

「ああ、それは……」と、美青は言葉を濁した。

「次回の障害を持つ子供向けワークショップに参加したい、というものばかりで。学校やボランティア団体のほかに、障害を持ったお子さんのお母さんとか」

『あら、そう』とアネットは、少し声のトーンを落とした。

『とにかく、次の取材のアポイントが入ったら、オンラインで私のスケジュールに入れといてちょうだい。空いてるところに、先着順でね。ああ、それから、もし理事の誰かから食事に招待したい、なんて申し入れがあったら、そっちを最優先でね』

「わかりました」と、美青は短く応《こた》えて、電話を切った。

ため息をつく美青を見て、ジュリアが「大丈夫？」と声をかけた。

「なんだか、顔色悪いけど」

「ああ、ちょっとね。今朝から、へんなのよ。世界が妙に緊迫してる、っていうか」

美青は眼鏡を外して、ごしごしと目をこすった。ジュリアはコーヒーカップをソーサーにガチャンと置いて、「まさしくね」と席を立った。

「世界も職場も緊迫してるわよ。早く戻らないと、ハロルドが電話の応対してるかもしれない」

行きましょ、と出口へ歩いていった。美青も立ち上がってジュリアの後を追ったが、正面からドアにぶつかりそうになって、立ち止まってしまった。

なんだろう。朝からもう何度もドアにぶつかりそうになっている。階段を踏み外したり、壁にぶつかりそうになったり。

自分の周囲のものが、いっせいに自分にむかって縮こまってくるような。

「ミサオ？　どうしたんだ、気分でも悪いのか？」

そっと肩に手を置かれて、顔を上げた。すぐ近くに、アーノルド・ウィリアムズが立っている。メトの花形部門である印象派・近代部門のキュレーターだ。はっとして、美青はあわてて笑顔を作った。

「大丈夫です。少し、立ちくらみがして」

「座ったほうがいい。さあ、こっちへ。歩けるかい？」

アーノルドは、ごく自然に美青の肩を抱いて、テーブルへ誘った。とたんに、彼の手に覆《おお》われた肩が発熱しているように感じる。美青はこわばった笑みを顔に張りつかせて、おとなしくアーノルドに従った。

椅子に座ると、「ごめんなさい」と美青はすぐにあやまった。

「忙しいでしょうに……私は大丈夫だから、早く行ってください」

「いまからランチなのに、もうオフィスへ帰れって言うのかい？」

アーノルドは、茶目っ気を含んだ口調で返した。メトでも有数の辣腕《らつわん》キュレーターである彼は、エリートらしからぬ気さくな人物だった。美青やほかのアシスタントたちにも気軽に声をかけてくれるし、カフェテリアで会えば「ご一緒してもいいかな？」と同席してくる。そんなこともあって、美青の同僚の間では、いちばん人気のあるキュレーターだった。

ハーバード大学の博士号を持ち、噂《うわさ》ではあるが、ロックフェラー家の遠縁にあたるらしい。パブロ・ピカソの研究者としても定評があり、彼の企画した展覧会は何十万人も動員する。現場での人気もあったが、理事たちもこぞって彼を取り立てるのだった。

「まあ、僕のランチなんか後回しでもいいから、医務室まで一緒に行こうか？」

親切な言葉をかけられて、美青はかえって動揺してしまった。

「そんな……たいしたことないんです。ちょっと、視界が」

自分でも意外なことが、口をついて出た。

「視界が欠けている、っていうか。ちゃんと見えてない感じで」

「視界が？」

アーノルドは心配そうな声を出した。

「それはまずいな。ドクターに相談したかい？」

「いいえ、まだ。今朝起きたときから、なんだかおかしくて」

アーノルドは身を乗り出して、眼鏡の奥の美青の目をじっとみつめた。その視線を受け止められずに、美青は顔を逸《そ》らした。

「大丈夫です。心配してくれて、ありがとう」

「そりゃあ心配するよ」

演技かと思うほど、アーノルドの声には切実な響きがあった。

「美術館に勤めてるんだから、目は君にとっていちばん大事だろ。目じゃなくて、脳の障害ってことも考えられるし」

どきっとした。ずいぶんさりげなく、恐ろしいことを言う。

「病気だったら、早く治したほうがいい。君の前任のキャロラインだって……」

そう言いかけて、止《や》めた。

「失礼。それは関係ないことだね。とにかく、今日にでもドクターに診てもらったほうがいい。なんでもなければ安心するんだし。いいね？」

兄のように優しく諭されて、美青はつい、「はい」と聞き分けよく返事をした。

「せっかくのランチタイム、お邪魔してしまって。ごめんなさい」

「いいんだよ」と、アーノルドは笑った。

「君たち日本人って、すぐあやまるんだね。そこがいいところなんだろうけど」

褒め言葉なのだろうか。アーノルドの言葉に、美青はどう応えたらいいのかわからなかった。

障害を持つ子供たちのためのワークショップまで三週間となったある日、美青は仕事を早退した。

午後四時半にミッドタウンにある眼科のアポイントを入れていた。ワークショップの準備で忙しい時期だったので、アネットには「今日じゃなきゃだめなの？」と小言を言われてしまった。

「四時からアーノルドと打ち合わせのアポイントを入れてたでしょ？　今度のワークショップに力を貸してくれるように、私、ずいぶん苦労して彼を口説いたのよ。現場の担当者のあなたがいてくれないんじゃ困るわよ」

「すみません。ドクターのアポイントがあって……」

アーノルドとの打ち合わせのアポイントは美青が調整した。だから、なんとしても参加したかった。けれど、マンハッタンでも有数の眼科医のアポイントは、これを逃すと一ヶ月先になってしまう。このところ目の疲れがひどく、これ以上視力が落ちると業務に差し障《さわ》りが出てくる。だから、泣く泣く診察のアポイントを優先したのだ。

ドクター、と聞いて、アネットが微妙に表情を変えた。

「どこか悪いの？」

「目が、ちょっと……」

「そうなの。じゃあ、仕方ないわね」

アネットは、それ以上とやかく言わなかった。内心、ほっとした。

美青の前任のアシスタント、キャロラインは病気で亡《な》くなっている。ドクター、と聞けば敏感になるのだろう。

今日の打ち合わせ、とても残念ですが、欠席します。

先日、あなたからアドヴァイスをいただいた通り、ドクターのアポイントを入れてしまったので。ごめんなさい。

オフィスを出るまえにアーノルドにメールを入れた。すぐに返信がきた。

大丈夫だよ。あやまらないで :)

スマイルの絵文字に思わず頬がゆるむ。少し気持ちが上を向いた。

教育プログラムのワークショップにキュレーターが出てくることは、珍しいことである。キュレーターは、普段、自分の展覧会の企画やアーティストの研究に注力しているのだが、それ以上に人的交流で忙しいのだった。お目当ての作品を借りるための他館との交渉や、コレクターとの交流。寄付を取り付けるために資産家と食事をしたり、理事の面々にパーティーやレクチャーへ駆り出されたりと、まさに八面六臂《はちめんろっぴ》の活躍をする。花形プレイヤーがワークショップの講師として参加する機会はなかなかないのが実情だった。

だから、アーノルドが障害児向けのワークショップの講師を務めてもいいと了承してくれた——と聞いたときは驚いた。アネットは「私が何度もお願いしたの」と自慢気だったが、ジュリアが「ハロルドと理事のミセス・ブラウンが頼んだみたいよ」と、こっそり教えてくれた。ミセス・ブラウンはチャリティー活動に熱心で、このプログラムに特別な寄付を申し出ている。近代美術の有名なコレクターでもあり、アーノルドは彼女のお気に入りのキュレーターだった。

アーノルドと一緒にワークショップを開ける。

そう考えただけで胸が高鳴った。

今日は、仕方がなかった。でも、本番はしっかりやり抜かなくちゃ。

まだ直接は聞いたことのないアーノルドの作品解説に立ち会えると思うと、待ちきれない気分になった。

「予約をしているミサオ・オノです。初めての診察なのですが」

眼科の受付で、身元確認のための美術館のＩＤパスを出した。看護師はそれを受取って、

「あら、メトにお勤めなのね。このまえ、四重奏のコンサートに行ったんですよ」

月に一、二度、ホールでコンサートを行っている。ニューヨークフィルが出張して弦楽四重奏をすることもある。

「それはどうも」と美青はにこやかに返した。

「問診表に記入して、少しお待ちくださいね」

バインダーを受取って、待合室の長椅子に座る。

隣で、母親に連れられた女の子が絵本を膝の上に開いている。何気なくその子を見《み》遣《や》って、ぎょっとした。

女の子は、まるで顔をこすりつけるようにして本を眺めている。開いたページに分厚い眼鏡を密着させるさまは、没頭、という表現がぴったりだ。母親に聞かなくても、彼女が極度の弱視であるとわかった。女の子は子供のための美術絵本を見ているのだった。

「お嬢さんはアートがお好きなんですか？」

美青は母親に話しかけてみた。母親は、「ええ、とても」と微笑して答えた。

「生まれたときから弱視で……どんどん視力が弱まっているんですが。同じくらいの速さで、どんどんアートに興味が増していくようで」

母親の言葉は、すでに娘の運命を暗示していた。いずれまったく視力を失う、ということなのだろう。

あまりにも熱中して見ている姿が、不思議に美青の胸を打った。見る、という行為を純粋に人間のかたちにしたようだった。開いたページにはピカソのキュビズム時代の絵が載っている。ページの端から端まで、まるでスキャナで画像を読みこむように、ていねいに、ゆっくりと追いかけているのがわかる。

この二十世紀最大の巨匠の絵は、彼女の目にはどんなふうに見えているのだろうか。女の子の名前を母親に尋ねてから、「ねえ、パメラ？」と、美青は話しかけてみた。

「あなたは、ピカソが好きなのね。その絵の、どこが好きなの？」

パメラはなかなか本から顔を上げなかったが、やがてうつむいたまま、

「大きな色」

そう答えた。なるほど、と美青は感心した。

確かにピカソの作品は、時代時代で変化していく大らかな色彩が特徴だ。悲しみをたたえた青の時代、恋に燃え上がったバラ色の時代。キュビズムの時代は茶色やグレー、シュルレアリスムの時代は黒と白。生涯を通してユニークなかたちと色を追い続けた人である。彼にしか描き得ない、かたちと色を。

「そうだ。もし、よかったら」

美青はバッグから名刺を取り出すと、その上にペンで走り書きをした。

「私、メトロポリタン美術館の教育部門で、ワークショッププログラムを担当しているんです。今度、障害を持つ子供たちのために、キュレーターが講師を務めるワークショップをやるので、いらっしゃいませんか」

そして、ワークショップの日付と時間を書き込んだ名刺を母親に手渡した。母親は、じっと名刺に視線を落として応えない。美青は励ますような口調で言った。

「お嬢さんはこんなにアートがお好きなんだし、本ばかりじゃなくて、本物を見に美術館へいらっしゃればいいですよ。美術館は、どんな人にも開かれた場所です。お嬢さんにだって、一流のコレクションを見る権利はあるんですよ。ですから……」

母親は無言のままで、名刺を美青に突き返した。その目に不穏な色をみつけて、美青は一瞬、口ごもった。

「娘は、見えているんです。見えてないわけじゃありません」

はっとした。名刺を突き出す母親の指先が、微《かす》かに震えているのが見えた。

「ミズ・ミサオ・オノ。診察室へ入ってください」

声をかけられて、美青は反射的に立ち上がった。その拍子に、膝の上のバインダーがばさりと床に落ちた。それを拾い上げようとして、美青の手は空をつかんだ。

……あれ？

「ミズ・オノ？ どうかなさいましたか？」

看護師が近づいてくる。美青はそのまま、床の上にしゃがみこんでしまった。気味の悪い汗が、体中から噴き出してくる。

「大丈夫……大丈夫です」

看護師に支えられて立ち上がりながら、美青は懸命に目を見開いた。めまいがする。目を閉じて、横になりたかった。

けれどいま、目を閉じてしまったら。

そのまま、永遠に暗闇《くらやみ》の中に閉ざされてしまうような気がした。

メトロポリタン美術館、二階、十九〜二十世紀初頭ヨーロッパ絵画ギャラリー。「Let's be Picasso : Workshop for kids（ピカソになろう――子供たちのためのワークショップ）」と題したワークショップは、土曜日の午後三時から開催される予定になっていた。

ワークショップのタイトルは、直前まで「Let's learn with Picasso : Workshop for disabled kids（ピカソと学ぼう――障害を持つ子供たちのためのワークショップ）」となっていた。アネットがつけたタイトルだったが、美青はこれに反対した。よくよく考えてみたのだ。なぜ「障害のある子供」とわざわざ言わなければならないのか？　つまり、すべての子供に向けたワークショップにすればいいのだ。その中に、障害を持った子供がいたっていい。障害のあるなしで分けずに、一緒に参加すればいいじゃないか。

ワークショップ直前の変更に、当然アネットは賛同しなかった。

「健常者向けのワークショップなら、なんのニュースバリューもないじゃないの。障害者向けのワークショップをうちの看板キュレーターがやる、っていうところがポイントなのよ。マスコミの取材もせっかく入るんだし、いまさら変更なんてできっこないでしょう」

「お願いします」

美青は食い下がった。今回だけは引き下がれない。絶対に引き下がってはいけないのだ。

「これが私の、最後の仕事ですから」

そうして、美青はアネットに打ち明けた。

二週間まえ、ミッドタウンの眼科医を訪ね、そこで紹介を受けてニューヨーク州でもっとも権威ある眼科の病院で受診したこと。そこで「glaucoma」という、聞きなれない病名を告げられたこと。

その病気が、ほとんど手がつけられないほど進行してしまっていること。けれど、進行を遅らせるための緊急手術を受け、うまくいけばしばらくはしのげる。

完治することはない。

いずれにしても、近い将来、視力を失うだろう。

それが、医師が美青に告げた結論だった。

「ドクターの話を聞きながら、あわてて電子辞書で意味を調べました。生まれて初めて聞く単語だったので。美術用語以外で辞書使ったの、久しぶりだったな」

そう言って、美青は苦笑いをした。

辞書の画面に、緑内障、と出てきたときにはぴんとこなかった。ドクターの話を聞いたところで、なんの実感も湧《わ》かない。視力がなくなるなんて、あり得ない話だ。けれど、ネットであちこち調べるうちに、絶望は、しだいに重く、深くなっていった。

この病気は、自覚症状がない。

視力が低下し、視界が欠けて、見えづらくなる。見え方がおかしい、と気づいたときには、手遅れになっていることもある。

自分の症状とぴったりと一致していた。

口を、耳を、手を、足を奪われるのではなく、どうして目なの？

絶望の嵐は到底おさまりそうになかった。

職場に迷惑をかけるとわかっていながら、三日間、休んでしまった。母からのメールにも返事を書けなかった。食事ものどを通らない。どこにも出かけず、誰にも会いたくなかった。

だんだんと欠けていく、この世界を恨んだ。

やがて、永遠の闇が訪れる。それは死を意味することなのではないか？

「そのとき、急に思い出したんです。初めて眼科のドクターの診察に行ったとき、出会った女の子のことを」

弱視の女の子、パメラ。

生まれたときから弱視だったと聞いた。どんどん進行している、とも。それなのに彼女は、あんなにもピカソの絵にのめりこんでいた。

まるで、まだ見えていることを確かめでもするように。

「あんなに熱中して作品に向かい合ったことが私にあったかな。そう思ったんです。子供の頃からアートが好きで、メトが大好きで。美術館で働くために一生懸命勉強したし、ライバルに負けまいと競争もした。年を取りつつある父と母を、ふたりきり、日本に残したままで」

美青は、父を、母を思った。子供の頃から、娘の好きなように、自由にさせてくれた両親を。

ひと言も、言わなかった。日本に帰って来いとも、会いたいとも。そう言ってしまったら、娘が心苦しく思うことを、わかっているのだ。

そんな父と母に甘えて、勝手気ままに生きてきた。それもこれも、美術館で働くために。大好きなアートの、より近くで生きていくために。

――それなのに。

あの女の子の、「見る」ことへの情熱。切実な、ひたむきな。

自分には、そのかけらもないじゃないか。

「メトにいられて、そのことだけに満足して、ほんとうにアートを見る目を失っていたんですね。もう、視力を失っていたも同然です」

だから、このさきは心でみつめていく努力をする。

そのために退職して、手術をする。そう決心していた。

「そうだったの」

ひと通り聴き終わると、アネットは、独り言のように言った。

「じゃあ、もう気持ちは固まっているのね」

「ええ」と、美青は少し鼻声になって答えた。

「アネット。あなたには色々教えていただきました。感謝しています」

「そんな……感謝だなんて」

アネットは首を振って、そのまま顔をそむけた。天井をにらみつけていたが、目尻《めじり》を指先で拭《ぬぐ》うと、

「――キャロラインも、最後に言ったのよね。ありがとう、って。私、彼女にとってもあなたにとっても、いいボスじゃなかったでしょうに」

そして、潤《うる》んだ目を美青に向けて、言った。

「タイトルの変更に関わる調整は、責任を持ってできるわよね？」

美青は流れる涙をそのままに、明るい声で答えた。

「はい、もちろんです」


ギャラリーに、子供たちが集っている。

にぎやかに話をする子、少し緊張して前を向いている子。車椅子《くるまいす》の上で笑っている子もいる。母親の膝《ひざ》の上に座りこんでときおり声を張り上げている子も。健常者も障害者も一緒になって、輪になっている。

「そろそろ時間です」

美青は、ギャラリーの袖《そで》に立って新聞社の取材を受けていたアーノルドに声をかけた。アーノルドはうなずいて、子供たちの前へと歩み出た。

子供たちは、ギャラリーの真白い壁にかかっている、ピカソの「青の時代」の作品の前に集まっていた。

〈盲人の食事〉、一九〇三年。ピカソ二十二歳、パリで画家修業を始めて三年。世間がこの天才を発見する以前の作品である。

どの作品を解説するかを決めたのはアーノルドだった。教育部門との最終確認で、この作品がリストに挙がっているのを見て、アネットは反対した。障害《ディスアビリティ》のある子供たちも来ているのに、この作品を解説するのは難しすぎる、と。

アーノルドの返答は見事だった。

「あなたのおっしゃっていることはごもっともです」

と前置きした上で、彼はきっぱりと言った。

「けれど、ピカソが描きたかったのは、目の不自由な男の肖像じゃない。どんな障害があろうと、かすかな光を求めて生きようとする、人間の力《アビリティ》、なんです」

ほんとうに、その通りだった。

いま、ここでこうして眺める、青の時代《ブルー・ピカソ》。

急速に視力が落ちてしまった美青の眼には、それは不思議な色彩の広がりに見えた。真っ白なギャラリーの雪景色の中、みずみずしく湧き出ずる泉《い》のような、青。

そこに描かれているのは、目の不自由なひとりの貧しい男の横顔《プロフィール》。粗末なテーブルの上にはナプキンと皿。左手にわずかばかりのパンを握り、右手は水差しを、たったいま、探り当てたところだ。

青く沈む、静寂の画面。

美青は、子供の頃にこの作品を見たときのことを、急に思い出した。

あの水差しには、何が入っているんだろう。

そう思った。そして、願ったのだ。

ワインが入っていますように。そうしたら、きっとこの男の人は嬉しいはずだ。それか、ミルク。オレンジジュース。そうだ、コーラかも？

とにかく、彼の大好きな飲み物が、あの中に入っていますように。

そして彼が元気を出してくれますように。

そんなふうに、願ったのだ。

「こんにちは。メトロポリタン美術館へようこそ。僕はアーノルド。君たちが絵の世界を旅するための、ツアーコンダクターです」

アーノルドは、そう自己紹介した。そんなことを言うキュレーターを初めて見た。

美青は思わず頰をゆるめた。

「まず初めに、君たちにお願いがある。最初に旅をする絵の世界は、このピカソの絵。君たちには、それぞれ、自分がピカソになったって想像してほしいんだ。さあ、君は右手にえんぴつ、左手にスケッチブックを持って……」

「僕、左利《き》きです」と、ひとりの男の子が左手を上げた。笑い声が上がって、空気がなごむ。アーノルドは、「よし。じゃあ君は左手にえんぴつだ」と、笑いながら返した。

「そして、君はいま、この男の人と同じテーブルに座っている」

美青もえんぴつとスケッチブックを持ち、男と同じテーブルに座っていると想像する。

「さあ、何が見える？　君は、彼のことをどう思ってる？　彼のどんなところを描いてあげようと思う？」

「彼は、かわいそう。目が見えないから」

前に座っていた女の子が言った。

「そうだね。じゃあ、君は彼に、どうしてほしい？」

「元気になってほしい」

「お腹《なか》いっぱい食べてほしい」

「友だちと、楽しくおしゃべりしたり、遊んだらいいと思う」

子供たちは、口々に叫んだ。アーノルドは、「そう、その通りだ」と嬉しそうに言った。

「その気持ちだ。それが画家の、ピカソの気持ちなんだよ」

美青は、知らず知らず、深くうなずいていた。

描く対象に深く寄り添った画家の心が見えるようだった。ピカソは、恵まれない人をそっくりそのままキャンバスに写し取りたかったわけじゃない。励ましたくて、この絵を描いたのだ。

子供の私は、ちゃんとそのメッセージを受け取っていた。だから、この絵の前からいつまでも動けなかったんだ。

ふと、ギャラリーの入口に親子らしき姿がぼんやりと見えた。遠慮せずに入るよう誘おうと、美青は音を立てないように入口へと近づいていった。すぐ近くまでやってきて、ようやく、このまえ眼科の待合室で会った母娘《おやこ》だと気がついた。

「来てくださったんですね」

美青は声を弾ませた。母親は、少し気まずそうな笑顔を作った。

「この子が、どうしても美術館に行ってみたいと言って」

そして、あなたに会いたいと言って。

母親は、そう打ち明けてくれた。

「こんにちは、パメラ。来てくれて嬉しいわ」

美青は、思い切り顔を近づけて、パメラに挨拶《あいさつ》をした。ふっと小さな手が伸びて、ぐいっと美青の髪をつかみ、思い切り引き寄せた。そうしないと見えないのだろう。急接近して、パメラと美青の分厚い眼鏡がこつんとぶつかった。

「だめよ、パメラ。そんなことしたら……」

母親が止めようとするのを、「いいんですよ」と美青は制した。

「青の時代《ブルー・ピカソ》、見る？」

小さな頭が、こくん、とうなずいた。美青はパメラを抱き上げて、ギャラリーの中央へ歩んでいった。

子供たちは、思い思いに、床に広げたノートにスケッチを始めている。少女を抱いて、足音を忍ばせながら、美青はピカソの作品に近づいていった。

アーノルドは、美青に何か声をかけようとして、やめたようだった。そして、ふたりにそっと背を向けた。

美青はパメラを抱いたまま、その絵のすぐ前に立った。作品からほんの六十センチ。まるで、絵の中の人物の呼吸が伝わってくるような距離に。

パメラは分厚い眼鏡の奥の小さな目を何度も何度も瞬《またた》かせて、夢を見るようなまなざしを一心に絵に向けている。

美青は、生まれて初めてこの絵を見たように、絵に向かい合った。

少女の美青が、いま、パメラと並んで、まっすぐに絵をみつめている。そして、願っている。あの水差しに、ワインが入っていますように。ミルクでも、オレンジジュースでもいい。彼のいちばん好きなものが入っていますように。

ふたりの少女は、青のさなかで、同じリズムで呼吸していた。

満ちあふれる命の息吹《いぶ》き、かすかな光。

深く静かな、群青《ぐんじょう》のさなかで。

デルフトの眺望　A View of Delft

部屋の窓を開け放つと、かすかに水のにおいがした。

ここからは見えないけれど、その街の西の外れに川が流れていた。隅田川の支流で、そこそこ幅がある。

なづきは、都心部の西寄りにある病院から父をこの施設に移送するとき、いくつかの橋を渡ったことを覚えていた。橋の向こう側にスカイツリーがそびえ立ち、すぐ近くに迫っていた。搬送用のベッド《ストレッチャー》に横たわっていた父は、もうその頃には四六時中うとうとと眠っているような状態だったが、あ！　スカイツリーだよ、父さん！　見てみて！　と、弟のナナオが年甲斐《としがい》もなくはしゃいで声をかけると、ほんの一瞬、ぱっと目を見開いて、びっくりしたように空を見上げていた。

父が最期《さいご》の時を過ごした施設〈あじさいの家〉の一階にある部屋の窓からは、ひなびた商店街の様子が眺められた。目の前は駐車場で、右隣は郵便局。狭い道路を挟んで向かい側は、花屋と豆腐店と理髪店が軒を連ねている。昭和の雰囲気を漂わせたなつかしい街並みである。その上に梅雨の晴れ間のやわらかな青空が広がって、湿り気を含んで太った雲が悠々と行進している。

背後でヴーンと振動音がした。振り向くと、シーツもふとんも片付けられて空っぽになった電動式介護用ベッドにナナオが寝そべり、リモコンを操作して「背上げ」している。

「何やってんの」と訊《き》くと、

「いや、いっぺん寝てみようと思ってたんだよ。どんな感じだろって」と真顔で応《こた》えた。

「完全にフラットに寝かせないほうがいいって、介護士の中村さんが……ほら、喉《のど》の筋力が衰えてるから、真っ平らに寝かせちゃうと唾液《だえき》も飲み込めないんだって。だから、親父《おやじ》、最期までちょっと背上げされててさ」

父が危篤《きとく》に陥ったとき、ナナオは、父さん、父さん、しっかりしてくれよ、と声をかけ続け、父の耳に自分の励ましの声が届くように、リモコンを操作してさらに背上げさせたのだという。頭ではそんなことは無理だとわかっていても、気持ちではもう一度だけ起き上がってほしかったのだと。父は、最期の瞬間に息子と面と向き合って、眠いんだ、もう寝かせてくれ、とでも言いたげな顔をして、深く息をつくと、そのまま逝《い》ってしまった——ということだった。なづきは、父の臨終に間に合わなかったので、最期の瞬間の父がどんな様子だったか、ナナオに教えてもらって知ったのだった。

ふうん、となづきは、わざと興味のなさそうな声を出して、「らくちん？」と尋ねた。

「うん。まあね」とナナオも、興味のなさそうな声で答えた。

からからと軽やかに部屋の引き戸が開いて、失礼します、と介護主任の中村さんが入ってきた。小さくてぽっちゃりした中村さんは、なづきと同世代の四十代後半だったが、その小柄な体のどこにそんな力が隠されているのかとびっくりするほど力持ちだ。褥瘡《じょくそう》ができないようにと寝返りさせるとき、痩《や》せてはいても一七〇センチある父の体をひょいと持ち上げて向きを変えているのを見て、なづきもナナオも感嘆の声を上げたのだった。

「あらあ、すっかり片付けていただいて。ありがとうございました」

中村さんは、ていねいに頭を下げた。なづきは、あわててベッドから下りたナナオとともに、「こちらこそ、ほんとうにありがとうございました」と礼を返した。

「すっかりお世話になりまして……短いあいだでしたが、父も満足だったと思います」

「ほんとにね、残念なくらい短いあいだでしたね……」

昔むかしの思い出を語るような穏やかな口調で、中村さんが応えた。父の入居期間は、結局、三十二日間だった。

「お父さん、この部屋でずっとナナオさんに付き添っていただいて、笑顔も見せておられたし、食事もミキサー食ではあったけど、全部召し上がる日もあったんですよ。だから、ひょっとして、そのうちに起き上がれるようになって、食堂で一緒に食事できるようになるんじゃないかな……なんて、ちょっと、そんな期待もありました」

春先に開業したばかりの介護付き高齢者住宅〈あじさいの家〉は、食堂も玄関も個々の部屋も、新築の住宅のにおいがした。寝たきりの高齢者のベッドが並んでいる病院の澱《よど》んだ空気の大部屋とは大違いで、清々《すがすが》しい空気が隅々まで満ちていた。入居者は、それぞれ「自分の部屋」で暮らしている。いってみれば、お年寄り専用の下宿屋のようなものだ。

入居者の部屋には家族が泊まることもできる。二十四時間介護士が詰めているので、父のように寝たきりになってしまった人は、食事、おむつ替え、入浴など、日常生活の世話のすべてを介護士が引き受けてくれる。家族がいなくても困ることはないが、それでも入居者にとって家族が付き添うことより励みになることはないのだと、入居するときに中村さんが言っていた。

なづきは現代アートを扱う大手ギャラリーの営業部長《ディレクター》だった。仕事で頻繁に海外出張があるので、父に付き添うことがなかなかできない。が、ナナオは迷わずに父とともに施設で寝起きすることを選んだ。

ナナオは都内の大学を卒業してからずっと、なかなかひとつの会社に勤め続けることがままならず、転職を繰り返してきた。七年まえに母が病気で他界してからは、東京郊外にある実家の２ＤＫのマンションに帰ってきて、当時七十五歳だった父と同居を始めた。家賃が浮くからね、とナナオはぼそっとつぶやいていた。本音なのか、三十二歳にもなって父親とふたり暮らしを始める照れ隠しなのか、その両方なのかわからなかったが、弟同様独身でひとり暮らしのなづきのほうは、たとえ父がひとりになっても同居するつもりもなかったので、ナナオがそうすると言い出してくれて、正直助かった。

ナナオは、それからは定職につかず、コンビニや居酒屋でアルバイトをしながら、父とのふたり暮らしを続けてきた。

なづきは三、四ヶ月に一度程度、様子を見に実家に立ち寄ったが、「相変わらず」な様子を確認して、安心するような、ふがいないような、言うに言われぬ気分になって、お茶だけ飲んでそそくさと帰ってしまうことが多かった。ふたりと自分のあいだには、共通の話題はほとんどなかった。お茶を飲んでいるあいだ、別にけんかしているわけではないのだが、なづきとナナオは互いに目を合わさなかった。そんな状況がほぼ七年も続いていた。

父が年初に室内で転倒し、救急車で搬送されたときも、ナナオがずっと父に付き添った。なづきは出張先のロンドンでナナオからのショートメールを受信した。「親父入院、大腿骨骨折《だいたいこつこつ》」との文面を見て、すぐに電話をした。大丈夫なの⁈　となづきは接待中のレストランのロビーで大声を出してしまったが、うん、たぶん……とナナオの声はいたって普通だった。まあ死にゃあしないよ、とのんきな言いぶりに、少しむっときたが、海外にいる身で文句を言っても始まらない。弟に任せるほかはなかった。

なづきが帰国するまでに父は手術を無事に終え、確かに命に別状はなかったが、大急ぎで見舞いに駆けつけた娘に向かって、ああ、いつもお世話になってます、と頭を下げたのだった。

思えば、あの入院をきっかけに、父はすっかり弱ってしまったのだ。八十歳を数えたあたりで軽度の認知症が認められたが、物忘れがひどくなっていっても、さすがに子供たちを忘れるようなことはなかった。が、入院してからは、歩けなくなってしまったのに加えて、なづきが誰なのかわからなくなってしまった。

それでも、ナナオのことだけはわかっていた。ナナオ、と父は、いつもそばに付き添っていた息子に呼びかけてはこう言った。お前、ちゃんと働かにゃいかんぞ。いい年をして。

父の告別式を終えた翌々日、なづきとナナオは揃《そろ》って〈あじさいの家〉を訪れた。父が入居した部屋の片付けと退去手続きのためだった。

父の身の回りの品は、処分するものと自宅に宅配便で送るものに仕分けした。すっかり空っぽになった部屋には、真新しい介護ベッドだけが残された。

なづきは、もう一度窓辺に佇《たたず》んで、昭和の空気を漂わせた商店街の風景をなつかしく眺めた。その窓辺の風景をきちんと見るのは二度目だったが、この眺めをこの先失うのは、なんともいえず惜しいような気がした。

――わあ、なつかしい！

初めてこの部屋の窓を開けたとき、妙にはしゃいだ気分になって思わず声を上げたなあ、となづきは思い出した。

寝たきりの父の受け入れ先を探してこの施設を紹介され、入居可能な個室に案内されたとき、まず部屋の窓を開けてみた。そこに現れた風景を目にして、ああ大丈夫だと思ったことを覚えている。ここなら、きっと父さんは落ち着いて過ごすことができるだろう、と。八十二歳と五ヶ月から、きっとまだ続く、けれどあとどのくらいあるかわからない余生を。

その日勤務していた職員五名全員に見送られて、ふたりは〈あじさいの家〉を後にした。

最寄りの駅までは歩くと三十分、なかなか来ないバス——とナナオが言った——で十分ほどだった。なづきは配車アプリでタクシーを呼ぼうとしたが、

「川辺の道を歩いていったら、あんまり距離を感じないよ」

ナナオが言った。一緒に歩こう、と誘われた気がした。

商店街をまっすぐ行って、途中で曲がると、すぐに車がひっきりなしに通り過ぎる幹線道路に行き当たった。ふたりは少し先に見えているバス停へは行かずに、道路を渡って、少し高くなっている川沿いの小径《こみち》へと土手の階段を上っていった。

「わあ」

なづきは小さく声を上げた。川の風景がのびのびと両腕を広げてふたりを待っていた。

「気持ちいいね」

うん、と短くナナオが相づちを打った。そのまま、駅の方向に向かって歩き出す。なづきはひとつ深呼吸して、ナナオについていった。少しくたびれた、いつのまにかゆっくりと年を取り始めた弟の背中と一緒に、歩いていった。

なづきの実家は東京都心から電車で小一時間ほどの郊外にあった。

なづきもナナオもその街で生まれ育ち、実家から都心の大学に通った。ふたりとも、社会人になって初めて、それぞれ都心でひとり暮らしをするようになった。

なづきという名は漢字で「七月生」と書く。弟のナナオは「七生」だ。ふたりとも漢字の名前の通りで七月生まれである。なづきの八歳の誕生日にナナオが生まれた。同じ誕生日で名前もよく似ている。当然のように誕生会はいつも同じ日に一緒にされる。ナナオはなづきを慕ってついて回ったが、なづきはあまり弟をかわいがれなかった。

年頃になってからは混同されるのを避けて、いつも自分の名前を書くとき「なづき」とひらがなで綴《つづ》るようにしていた。弟のことも、いつしか「ナナオ」と、こちらはカタカナで書くのが普通になった。ミュージシャンみたいだ、とナナオもまんざらではなさそうで、自分でもカタカナ表記をするようになった。

ふたりの父は中堅の出版社に勤務していて、勤続三十八年、営業一筋に勤め上げ、六十歳で定年を迎え、契約社員扱いでさらに十年働いた。学術書や辞書を販売する堅い仕事だったが、父にはどこか飄々《ひょうひょう》としたところがあり、子供に夢を「見させたがる」父親だった。たとえばサンタクロースの存在をナナオが疑うと、なづきにこっそりと「絶対にいると信じ込ませてやるんだ」と板チョコ一枚で抱き込もうとする。「大きくなったらパン屋さんの店員になりたい」となづきが言えば「せめて経営者になってくれ」と、少しだけ助言する。そういう父だった。

父と同じ会社の総務部に勤務していて社内結婚した母は、なづきの誕生を機に退職し、ナナオが大学生になってから、それこそ近所のベーカリーのパートタイムの店員となって、亡《な》くなる直前まで働いた。なづきがパン屋さんになりたいと思ったのは、料理が得意でパンを焼くのもうまかった母の影響である。

が、なづきは結局子供の頃の夢を別のかたちで実現することになった。「パン屋さんじゃなかったら、絵描きになりたい」と思っていたのだ。幼い頃から絵、というか、マンガのようなものを描くのが、母の手作りパンを食べるのと同じくらい大好きだったのである。

父が勤務していた出版社では、美術全集も出していた。なんでも、絵画鑑賞が趣味だった社長にとって美術全集を出版するのが長いあいだの夢だったらしい。それがとうとう実現したのは、なづきが十一歳、ナナオが三歳のときである。

社長であれ娘であれ、身近な人の夢を助けるのが父のやりたかったことだったのかもしれない。父は全国の小中学校にこの全集を売り込むため、ほとんど家に帰らずに出張を続けていた時期があった。

父のいないあいだに、ほんのりさびしい気持ちになっていたなづきは、父が社販で購入した美術全集を引っ張り出してみた。テレビでもマンガでもアイドルでも、熱中できるものはほかにもあったが、仕事とはいえ、父がそうまでして他人に薦めるものに興味をもったのだ。もとより絵を描くのが得意で、絵描きになりたいと思っていたくらいなのである。全集を繙《ひもと》いてみてすぐ、美術の歴史にすっかりはまり込んだ。

レオナルド・ダ・ヴィンチの〈モナ・リザ〉や、パブロ・ピカソの〈泣く女〉など、雑誌やポスターなどで目にした絵も載っていた。生まれた時代も国もまったく違う画家が、同じ「女性」を、まったく違う手法で描いて、それが同じ「絵」であるということが、なづきには不思議に思われた。

気が遠くなるほど長い長い歴史の中で、画家たちが「絵」を描き続けてきた不思議を思った。それらの絵を、いま、日本の片隅で暮らしている小学六年生の自分が本の中にみつめているということが、さらに不思議でならなかった。

少女のなづきは、全集の第七巻に、ぎくりとするほど心ひかれる絵をみつけた。

若くきれいな女性の肖像画で、彼女は全集の中に登場するほかのどんな女性とも違っていた。目が覚めるような真っ青なターバンを頭に巻き、真珠のイヤリングが光を集めて揺らめいている。こぼれおちそうなほど大きなうるんだ瞳《ひとみ》をじっとこちらに向けて、何かを懸命に訴えようとしている――と、なづきには思われた。

――何？　どうしたの？　何があったの？

なづきは、心の中で少女に問いかけた。この少女は、画家によって絵の中に閉じ込められてしまったのではないか、そこから出てきたいのだ、自分を見る人すべてに助けを求めているのだ――と空想した。もちろん、絵の中の少女が返事をするはずもない。それでも、なづきは少女と約束した。

――わかった。いつか、助けにいくからね。

その絵が、ヨハネス・フェルメールが描いた〈真珠の耳飾りの少女〉という作品だと認識するのは、もっとずっと後になってからだ。

絵を描くことよりも美術史に関心をもったなづきは、自分の興味をすくすくと育てていった。大学で美術史を専攻し、学生時代にアルバイトを始めた大手ギャラリーに就職を決めた。仕事が面白くて、結婚もせず、気がつけば二十五年が経過していた。四十代半ばでディレクターに就任、世界中の富裕層を相手に億単位の取引を手がけるようになっていた。

ナナオのほうは、自分の興味を思うように育てることができずに大人になってしまった——というふうに思わざるを得ない。

姉と違って、彼は、美術全集を一度も開かずに成長した。だからかどうかはわからないが、美術館になどついぞ足を運んだこともないはずだ。それでも生きていけるのだ、ということを彼は実証していた。

恋もせず、定職にもつかず、美術館に行かなくても、人は生きていけるのだということを。

年初に転倒して入院した父は、みるみる筋力が落ち、そのまま起き上がれなくなってしまった。

病院に面している表通りの桜並木も葉桜になってしまった頃、ナナオから「そろそろ転院しないとヤバいらしい」と聞かされた。

「何それ、どういうこと？」

なづきが訊くと、

「すぐに処置しなくちゃいけないケガとか病気がない年寄りは、同じ病院に三ヶ月までしかいられないんだと」

感情のない声でナナオが答えた。

ネットで調べてみると、すぐにわかった。いまの高齢者医療の原則として、急性期を過ぎた――つまり介護は必要でも命に別状はない――高齢者は、一般病棟ではなく、病院の介護棟か介護施設に移らなければならないという、暗黙のルールがあるのだ。入院の結果、父のように介護が必要な状態に陥ってしまった人は、その後、自宅介護を受けるか、介護施設に入居するか、介護棟のある病院を転々とし続けることになるのだそうだ。

父の場合、自宅で介護するとなると、部分的に訪問介護を受けつつ、ナナオが二十四時間付きっきりで面倒をみることになる。できなくもないかもしれないが、コンビニでのアルバイトを辞めなければならなくなる。なづきが生活費を支援することはできるが、それにも限界がある。介護施設を探すにしても、いいところはどこも数年待ちという状況のようだ。

結局、転院先をいまの病院に紹介してもらう以外に選択肢がなかった。

「患者を見捨てるほど病院も非情じゃないよ。ここの医療ソーシャルワーカーが、転院先を一緒に探してくれるんだって。きっと、ここよりもっといいとこに行けるんじゃないの」

ナナオはなぜか病院の肩をもつような言い方をした。

「ここよりもっといい病院なんてあるわけないでしょ。そこが病院である限り」

毒づいてしまってから、なづきは、父が自分にもナナオにもどうにもできないところへ行ってしまったんだな、とふいに思った。あきらめに似た冷めた気持ちが胸をよぎった。

とにかく自分は忙しい。明日は香港《ホンコン》、来週は上海《シャンハイ》、再来週はニューヨークに飛ばなければならない。自分の給与額とはまったく無関係に、高額な美術品を売却するために。一日で為替が大きく変動することもある。ぼやぼやしていると利益が吹っ飛んでしまうことだってあるのだ。

「医療ソーシャルワーカーさん、親切なんでしょう？　その人と転院先を決めてくれる？　お金のことは気にしなくていいから」

ナナオは、うん、とひと言、返事をした。

きょうだいふたりで議論を深めることもなく、初夏の訪れとともに、父の転院が決まった。

寝たきりの状態が四ヶ月ほど続いていた父は、立つことも自分で食事することもできないにもかかわらず、軽度の認知症があるからというだけの理由で、転院先の病院で「身体拘束」を受けた。

父の転院直前に海外出張に出かけたなづきは、一週間後に帰国したその足で父を見舞った。父はまったくの別人に成り果てていた。

父が入っていたのは、私設病院の介護棟で、常時ブラインドが下げられた小窓がひとつあるだけの殺風景な四人部屋だった。父は体をベルトでベッドに縛り付けられ、鍵《かぎ》がつけられていた。両手にはミトンがはめられ、これも鍵で固定されていた。両腕には点滴の針が刺さったままで、赤黒く変色した紫斑《しはん》がたるんで細くなった腕のあちこちにできていた。

「廃人」――という言葉が、なづきの胸中にどさりと落ちてきた。

ナナオは岩のように固まって病室の入り口に突っ立っていた。帰国してすぐ、一緒にお見舞いに行こう、と空港からショートメールを送ったところ、すぐには返信がなく、一時間ほど経《た》ってから、先に行ってる、と短い返事があった。出張のあいだも、父さんどう？　と毎日ショートメールで尋ねていたのだが、変わりなし、とひと言だけの返信だった。

そっけないメッセージはいつものことだったので、元気なんだな、と解釈していた。それで来てみたら、信じられない光景が待ち受けていたのだった。

「なんでこんなこと許したのよあんたは?!」

なづきは思わずどなった。部屋にはほかにも患者がいたのだが、他人の目などおかまいなしだった。なづきは続けて叫んだ。

「見なさいよ！　目を逸《そ》らさないで！　父さんが何されてるのか、あんたには見えないの?!」

ナナオは体を固くしたまま、病室に足を踏み入れようともしない。なづきはナナオの横をすり抜けると、ヒールの靴音を鳴らしてナースステーションへ向かった。

「すみません、相田《あいだ》和男《かずお》の娘ですが」となづきは、医療機器が載せられたワゴンを押して病室へ向かう途中の看護師に食ってかかった。

「外してください。いますぐ。ベルトとか手袋とか。どうして父にそんなことをするんですか。誰の許可を得てしているんですか」

看護師は、きょとんとした顔をして、

「入院のときに、ご長男さまに承諾のサインをいただいています」

と答えた。寝耳に水だった。

「そんなこと、私、聞いてません。少なくとも私は、その承諾書を見ていませんし、弟がそんなことを承諾するはずがありません。とにかく、即刻、父を自由にしてください」

看護師は苛立《いらだ》ちの表情を浮かべた。

「では、承諾書をお見せします。こちらへいらしてください」

ナースステーションで、なづきは入院時の書類を見せられた。「介護するにあたり、患者が転倒や無意識に危害を加える危険性があると判断された場合、止《や》むを得ず身体を拘束することがある」というような項目があった。その書面の一番下に、ナナオの自署と捺印《なついん》がされていた。

病室へ戻ると、ナナオは、開けっ放しのスライドドアの手前に佇んで、うつむいたままだった。

姉の姿を見ると、ナナオは、消え入りそうな声で、ごめん、とつぶやいた。

「おれのせいだよ。ぜんぶ」

なづきは深いため息をついた。そして、首を横に振った。

「違う。私のせいだよ」

そうだ。こうなってしまったのは、自分のせいなのだ。

なづきは、いまのいままでいかに自分が父と弟が置かれている状況に無関心だったか、ようやく気がついた。

「もういっかい、転院させよう」

姉の言葉に、ナナオはようやく顔を上げた。

「え、どこに？ どうやって？」

「わかんない。でも、絶対に転院先をみつける。一緒に探そう」

ナナオの顔がかすかに歪《ゆが》んだ。笑っているような、泣いているような、なんともいえぬ顔に希望の薄日が射《さ》した。

きっと探し出そう。清々しい窓があって、そこからおだやかな風景が眺められる落ち着いた部屋を。

それができなければ、自分が父の娘である意味も、ナナオの姉である意味もないのだ。

六月、ほぼひと月かけて、ニューヨーク、ロンドン、パリ、ブリュッセル、ロッテルダムと続いた出張が、ようやく終わりに近づいていた。ロッテルダムでの商用が予定よりも早く終わり、ぽっかりと丸一日、自由な時間ができた。どうしようかな、となづきは、ホテルのロビーのソファに身を投げて、スマートフォンでロッテルダム周辺の地図を眺めていた。降って湧《わ》いたような自由時間。このボーナスを有効に使わなくては。

明日の午前中には列車でパリへ戻り、シャルル・ド・ゴール空港を発《た》って帰国の途に着く。羽田に到着したら、その足で〈あじさいの家〉に直行するつもりでいた。

五月、なづきとナナオは文字通り血眼になって父の転院先を探した。ナナオは三日三晩ほぼ徹夜でネット検索をし続け、なづきは知り合いやその紹介で親の介護に関わっている人に連絡しまくった。その間に、入院中の病院や役所の福祉課やケースワーカーと交渉し、なんとしても父を自由にするために、なづきは駆けずり回った。「そんな取引《ディール》はまとまらない」と社長ですら匙《さじ》を投げた難しい売買《セールス》も、やり遂げたことがあるのだ。自分の父のケースを解決せずにどうするんだ、と自分に鞭《むち》を打った。

〈あじさいの家〉の情報を得たのは、ふたりが本腰を入れて探し始めてから十日目のことだった。なづきの知人の知人の親が入居しているとのことで、すぐに紹介してもらうことになった。

なづきとナナオは揃って下見に出かけた。昭和の空気をまとった商店街を歩いていくと、ちょっとしたフラットのような真新しい建物にたどり着いた。部屋にはサッシ戸のついた大きめの窓があった。開けてみると、なつかしい風景が目の前に現れた。

——間に合った。

その瞬間、そう思った。

何が間に合ったのか。父の命が、間に合ったのだ。ここがみつからなかったら、父はあのままベッドに縛り付けられて息を引き取ったかもしれない。

父は、いま、生きている。まだ生きているのだ。

その二日後に、父は、ストレッチャーに寝かされ、介護タクシーに乗せられて、なづきとナナオに付き添われながら、隅田川の支流を渡って移送されたのだった。

〈あじさいの家〉では、中村さんを初め、介護士チームが血の通ったケアを心がけてくれた。そのおかげで、ナナオはいままで通りアルバイトを続けながら、夕方には〈あじさいの家〉へ「帰宅」した。

「ほんとに実家からバイトに通ってるみたいな気がしてさ」とナナオは姉に言った。「いや、実家よりこっちのほうがいいかな。親父もおれも、さびしくないっていうか」

弟の口から無意識にこぼれた「さびしくない」という言葉が、なづきの耳朶《じだ》をぽつりと打った。

大人になってからは、姉と弟、それぞれに生きてきた。あたりまえのように。さびしいとかさびしくないとか、そんなことを感じたことも考えたことも、自分にはなかった。

ひたむきに仕事に打ち込んで、走り続けて――いつも時間がなくて、気持ちに隙間《すきま》がなかった。さびしさを感じる余裕が、自分にはまったくなかったのだ。

遠い昔、少女だったとき。父が長い出張で家を空けていたとき。やわらかなさびしさに包まれていた、あのとき。

――私は、どうやってさびしい気持ちを消し去ろうとしていたのだろう。

出張先のロッテルダムのホテルのロビーで、なづきは、スマートフォンの画面の地図を指先でスクロールした。すると、ロッテルダムからそう遠くないところに、一度訪れてみたいと思っていた場所をみつけた。

デン・ハーグ。

そこに、あの「少女」がいることを、なづきはふいに思い出した。

清々しい夏空を映して、鏡面のような池が横たわっている。そのほとりに、古城そのままの姿の美術館、マウリッツハイスが佇んでいた。

数年まえに改装を終えたということで、正面から入るのではなく、まず階段で地下のエントランスロビーへ降りていく。そこでチケットを購入してから、なづきは「少女」が待つ三階の部屋へと軽やかな足取りで階段を上っていった。

十七世紀に建てられた貴族の館《やかた》をそのまま再利用して、オランダ総督ウィレム五世と、その息子でオランダの初代国王ウィレム一世のコレクションを中核とし、十九世紀初頭に創設された王立美術館である。小規模ながらすぐれたオランダ絵画の宝庫となっている。

数ある収蔵作品の中でもっともよく知られているのは、十七世紀のオランダ人風俗画家、ヨハネス・フェルメールの作品〈真珠の耳飾りの少女〉である。この一点を見るために、世界中から観光客や美術愛好家が集まり、展示室の中は人で溢《あふ》れ返っている。なづきは、人波をすり抜けながら「少女」の展示室へとまっすぐに向かった。

――あ。……いた。

狭い展示室内に何重にも人垣ができていて、その向こう側の壁に「少女」がいた。

真っ黒い背景の中に浮かび上がる、愁《うれ》いを含んだ謎《なぞ》めいたまなざし。奇妙なほど大きな真珠のイヤリング。小さな光の粒を浮かべる濡《ぬ》れた唇。美術全集のページの中で、一心に何かを訴えようとしていた彼女が、同じまなざしと表情で、満員電車のような部屋の中でこちらをみつめていた。

もっと近くで見ようと思ったが、観光客が押し寄せて、皆スマートフォンで記念写真を撮ろうとやっきになっている。まるでアイドルだな、とその様子を眺めているうちにおかしくなってきた。四十年近くかかってようやく「少女」と会うことができたのに、なんだかなあ、と苦笑が込み上げた。

いつまで経っても人垣が崩れる気配がない。しょうがない、もういいや、と部屋を出ようとして、ふと足が止まった。

「少女」とは反対側の壁に、「窓」があった。

気持ちよく開け放たれた窓である。そこからは、デルフトの街並みが広々と眺められた。

運河と城壁に囲まれた街、デルフトに朝が訪れた。夜のあいだに雨が通り過ぎたのか、少し湿り気を帯びた空気が感じられる。川のほとりの人たちは、きのうと同じ朝の訪れを喜び合いながら、やがて到着する舟を待っているのだろうか。

雲は丸々と太り、空を悠々と行進している。遠くの教会を一条の光が照らし出す。

きのうの続きの今日がこの街にはある。今日の続きの明日が、またきっとくる。

なづきは、その窓辺に――フェルメールの描いた絵、〈デルフトの眺望〉という名の窓の前に佇んで、飽かず眺めた。画家が創《つく》り得た奇跡のような風景を。

「少女」に会いにきたはずが、「窓」をみつけてしまった。

帰国したらいちばんに、このことを父に話そう、と思った。もちろん、ナナオにも。父に付き添っているのだから、そうだ、ふたりいっぺんに聞いてもらおう。

ミュージアムショップに立ち寄って、なづきは〈デルフトの眺望〉のポストカードを買った。カフェのテーブルでペンを走らせる。駅のキオスクで切手を買い、ポストに投函《とうかん》した。

デン・ハーグからロッテルダムへ戻るローカル列車の車窓に、太った雲が浮かんでいた。

その一時間後、なづきのスマートフォンはナナオからのショートメールを受信した。

ふたりの父は、眠たくて眠たくてがまんできずに眠りに落ちてしまう子供のように、目を閉じた。

そして、もう目覚めなかった。


川向こうの街並みが、薄暮の中に、ゆっくり、ゆっくり、輪郭を溶かしてゆく。夜のカーテンが広がり始めた茜空《あかねぞら》の彼方《かなた》、ナナオの肩越しに、小さく星がまたたくのが見える。

姉と弟は、駅までの道々、立ち止まったり、深呼吸をしたり、土手の草をちぎってみたり、川面《かわも》に小石を投げたりして、どこまでもゆるゆると歩みを進めていた。

「こういうのを、道草っていうのかな」

背中のままで、ナナオが言った。ふふ、となづきは笑い声を立てた。

ふと、ナナオが立ち止まった。それにつられて、なづきも立ち止まった。ナナオは振り向きざまに、ジーンズの尻《しり》ポケットから何か取り出し、なづきの目の前にかざした。

「あ」

なづきは短く声を放った。

ポストカードだった。——デン・ハーグの駅から出した〈デルフトの眺望〉。

あの日、あのとき。なづきは、そのカードを、たったひとりの弟、ナナオに宛《あ》てて出したのだ。

七生さま
帰ったら、いっぱい話したいことがあります。話そう。三人で。
七月生

「いつ届いたの」なづきが訊くと、

「さっき、帰りぎわに、中村さんから受け取った」

ナナオが答えた。

「中村さんさあ。ごめんなさい、読んじゃった、って。目、真っ赤にしてさ。おっかしいの」

そう言って、笑った。

「いっぱい話してね、お姉さんと……だってさ。なんつうか、おせっかいだよな」

ナナオの声はかすかにうるんでいた。

弟の背中に向かって、なづきは黙ってうなずいた。

川向こうの街並み、窓に明かりが灯《とも》る。なづきの目には、その輝きのすべてがにじんで見えていた。

マドンナ　Madonna

『あのね、湯呑《ゆの》みが割れちゃったのよ』

開口いちばん、母が言った。スマートフォンの中から聞こえてくるその声は、八十五歳とは思えない快活さである。

橘《たちばな》あおいは、一瞬、耳を疑った。

なんの話だろう。母は年のわりには滑舌がよいのだが、最近、ときどき突拍子もないことを言い出す。ふつうに会話をしていたはずなのに、唐突になんの脈絡もない話題にすり替わる、話が微妙に嚙《か》み合わない、などということはしょっちゅうだ。

つい先日も、ひとり暮らしの母の家に立ち寄ったとき、たったひとりの孫――兄の息子、つまりあおいの甥《おい》――が、父同様に地方銀行に就職し、初めての給与で両親に何やらプレゼントをした、という話を兄から電話で聞かされたとのことで、よかったよかった、立派な大人になったもんだ、とひとしきり喜んでいたのだが、

「でもねえ。片倉《かたくら》さんは介護保険の認定がひとつ上がって、要介護2になったって」

と、あおいの知らない片倉さんの話にすっと切り替わった。

そんなとき、「なんの話してんのよ？」とツッコミを入れるのはもうやめにした。

母の頭の中では、孫が両親を思いやる立派な態度と、近所の片倉さんの介護認定が上がって残念な出来事が、うまい具合に同居できているのだ。それを根掘り葉掘り訊《き》いたところでなんの益にもならないと、あおいはもはや得心している。

それにしてもタイミングが悪い。母の「とんでもない電話《トンデモフォン》」——と、心ひそかにそう呼んでいた——がかかってきたそのとき、あおいはスイスのバーゼルで開催されている世界最大の美術見本市《アートフェア》にいて、ちょうど商談がまとまりかけていたところだった。

相手はドバイから来たアラブ系の大富豪で、現代アートのコレクターとして名を馳《は》せている大物である。あおいが勤めているギャラリー「太陽画廊」のディレクター、相田《あいだ》七月生《なづき》と一緒に、とある日本人アーティストの絵画作品について交渉中だった。日本円で八千万円相当の作品が、あと一押しで売れる——という瞬間、あおいのスマホの着信音が鳴った。ポケットから取り出して、こっそり見ると、画面に実家の電話

番号が現れていた。

「ちょっと失礼《エクスキューズミー》」と短く断って、席を立った。太陽画廊のブースを小走りに出て、通路を歩きながら「もしもし？」と応答した。

実家からの電話には、できる限り、どんな状況にあっても出ることにしている。その年の初めに、母は脊柱管狭窄症《せきちゅうかんきょうさくしょう》を改善するため腰の手術をして、腰痛《ようつう》はなくなったものの手足に多少不自由が残り、いつなんどき転倒するかわからない。もしも転倒して骨折でもしたら、もう一度手術をしなければならなくなるだろうし、下手をすればこの先もう歩けなくなってしまうかもしれない。そんなギリギリの中、母にあやういひとり暮らしをさせているのだ。

札幌で銀行の支店長を務める兄も、ギャラリーの仕事で世界じゅうを飛び回っているあおいも、母を完全に放置できるほど非情な子供たちではない。かといって、母の面倒を完璧《かんぺき》にみられるほどの余裕もなかった。せめて実家からの電話にはすぐに出よう、それはひょっとすると母からのＳＯＳである可能性も少なからずあるわけだから。

そう決めていた。

それで、聞こえてきたひと言が『湯呑みが割れちゃったのよ』である。

「え、なに？」さすがに立ち止まって訊き返した。「何が割れたの？」

『だから、湯呑みが割れちゃったの。あんたの湯呑みが』

食器棚から湯呑みを取り出したときに、手がすべって落としてしまったという。あおいが高校の修学旅行のときに買って帰った美濃焼《みのやき》の湯呑み。正確にいえば、あおいの湯呑みではなく、あおいが母のために買ってきた湯呑み。それが割れてしまった、惜しいことをした、ごめんね、と母は、いかにもすまなそうにあやまってから、

『あんた、大丈夫？』と心配そうな声を出した。

『あんたに何かあったんじゃないかと思って。何かなかった？　急な病気とか、けがとか……元気なの？』

あおいは絶句した。

──なんでもう、このタイミングなのよっ！　と、どなりそうになるのを懸命にとどめて、ひと呼吸おいてから、

「あのねお母さん、いま、私がどこにいるかわかってるよね？」

と訊いた。

すると、『あたりまえじゃないの』とすぐに返ってきた。

『スイスでしょ？　山の中なの？』

「そう、スイス」あおいは額の血管をかすかに膨らませながら答えた。

「でもマッターホルンとか、そういうところじゃないから」

『え？　スイスで山の中じゃなかったら、どこにいるの？　湖のそば？』

「だから、スイスにも山とか湖とかじゃないところがあるの！　街なかだよ、人がいっぱいいるの！　ヒツジじゃなくて！」

思わず大声を出してしまってから、あわてて口もとに手を当てて、

「とにかく、元気で仕事中だから。そんなことで電話してこないで。ね？」

『ああ、そうだったの。忙しいときに電話しちゃってごめんね』

とまた、母はこれ以上ないほど申し訳なさそうな声で詫《わ》びた。

『でも、なんだか、あんたの湯呑みが割れちゃったもんで、へんな胸騒ぎがしたから……』

要するに、時間があり余っているから余計なことを考えてしまうようなのである。

腰の手術をした母は、ふらついて自力では歩けないので、家の中でも歩行補助のシルバーカーを押して、えっちらおっちら歩いている。外に出かけることがままならないので、いちにちのほとんどを部屋で過ごし、時間を持て余している。だから、何かひとつのことにとらわれて考え始めると、いても立ってもいられなくなるようなのだ。

そういえば、兄も「大事な商談をまとめかけているときに、おふくろから電話があ

って『今度こっちに来るとき、このまえの利尻《りしり》昆布をまた買ってきてくれる？』って言われてさ、まいった」と言っていたのを、あおいは思い出した。そのときの兄は文字通り苦笑していた。ほんとうにまいった、という感じで、しかしちっともいやそうではなかった。

「あんな古い湯呑みをずっと使い続けてるのが……」

悪いんだよ、と言いかけてのみ込んだ。そして、

「あの湯呑み、ずっと使い続けてくれてたんだよね、ありがとう」

と、言い直した。

「でも、もう寿命だったんじゃないの？　仕方ないよ」

そう続けると、

『そうか。寿命かね……』と神妙な声が聞こえてきた。

「私の寿命はまだまだあるから、大丈夫よ。心配しないで」と元気づけると、

『そうね。あんたの寿命よりあたしの寿命のほうが先に終わるはずだしね』

などと言う。あおいは苦笑した。

「じゃあ、いま仕事中だから。また明日電話するよ、心配しないで」

もう一度念を押すと、『はあい』と童女のような返事である。元気なんだな、とむ

しろ安心して通話を終えた。

ブースへ戻ると、クライアントの姿はなく、七月生がテーブルの上で書類を揃《そろ》えていた。

「すみません、大事なところで席を外してしまって……」

頭を下げると、「いいのよ」と朗らかに七月生が言った。

「もうちょっと考えるって。会場を一周して戻ってきて、また検討したいとか言って、行ってしまった」

「そうですか……」

あおいは、はあ、と肩を落とした。

大きな買い物をしようかどうしようか、迷っているクライアントに、商談の場を離れるきっかけを作ってしまった。

電話がかかってくる、カップのコーヒーを飲み干す、ほかの客に何か尋ねられる……ささいなことをきっかけに、商談がふいに終わってしまうことがある。日本を代表するギャラリーで、海外の顧客と大きな取引を十年以上にわたり七月生とともに手がけてきたあおいは、その機微をよくわかっていた。だから、さっき自分が電話で席を立たなければと悔やまれた。

「でも、かなり脈ありだったから。きっと戻って来るよ」

七月生が言った。こういうとき、深追いしないのもギャラリストの鉄則である。

「電話、東京から？」

尋ねられて、「はあ、まあ……」と気まずそうな声であおいは答えた。

「母からです。高齢でひとり暮らしなので、電話がかかってくると、何かあったかと思って出ちゃうんですよね」

「で、たいがい、なんでもない」七月生が言い添えた。

「そうなんです。なんでもないどころか、突拍子もないことを言ってきたりして……」

「わかる、わかる。うちの父もそうだったから」

七月生は去年、夏の初めに父を亡《な》くしていた。ヨーロッパ出張から帰国してすぐ、父が亡くなったので三日間ほど休ませてほしいと会社に連絡が入った。告別式にはあおいも参列したが、ちょうど七月生がオランダから帰国の途に就く直前に息を引き取ったということで、最期《さいご》には間に合わなかったと聞かされた。

「お母さん、おいくつ？」

「今年八十六歳です」

「そう。お元気なんでしょう？」

「ええ、まあ。年初に腰の手術をして、手足が多少不自由なんですけど、自分で食事も作るし、洗濯物もたためるし、シルバーカーを押して歩くリハビリもしてます。お風呂《ふろ》に入るのや掃除は、介護ヘルパーが来て手伝ってくれてるんですが……」

母がすこぶる食欲があって運動しないから太り気味なこととか、常にテレビと会話していることまで、あおいはつい話してしまった。七月生は、そうなの、とにこにこして、

「いいよね。なんだか、そういう話、ほっとする」

と言った。

「そうですか？」

「うん、そうだよ」

商談に水を差してしまったのにいやな顔ひとつしない。この度量があるからこそ相田さんは大きな商談をきっちりまとめられるんだよなあ、とあおいは、そんなところに感心していた。

「あら、ドハティさん、帰ってきた」

七月生がブースの出入り口に向かって微笑《ほほえ》みかけた。

見ると、例のアラブ系コレクターが、満面に笑みをたたえながら「ハロー、アゲイン」とふたりに歩み寄った。会場を一巡して、やはりあの作品が気になって戻ってきたようだった。結局、くだんの作品をリザーブして、意気揚々とブースを後にした。

「お母さんの電話のおかげかもよ」

七月生はそう言って、楽しげに笑った。

その年の一月、母が手術を受けた翌日に、あおいは四十六歳になった。

子供の頃から絵が好きで、クリエイティブな仕事に憧《あこが》れを抱き、都内の私立美大のグラフィックデザイン科に入学した。デザイナーになるつもりだったが、現代アートに興味を覚えて、たまたま欠員募集していた小さなギャラリーでアルバイトをして、そのまま就職。そこで十年以上働き、三十五歳になったタイミングで、太陽画廊に転職を果たした。

クリエイターになるには、才能ばかりではなく、コネも運も必要なのだといまならわかる。デザイナーになるための才能もコネも運もなかった自分だが、こうして最大手の画廊に勤務して、先輩と共に世界を股《また》にかけてコレクターや美術館相手に仕事をする、その仕事に誇りを持っている。こうなってよかったと、いまは心から思っていた。

四十六歳になってから、ふと、母が父と離婚したのはいまの自分の年だったことに気がついた。

父と母が離婚した理由はいまだによくわからないが、当時、兄は十四歳、あおいは七歳だった。

家族は東京の郊外に暮らしていた。父は小さな会社を経営していたが、ふだんからあまり家にいなかったので、離婚後もさほど大きな喪失感はなかったような気がする。母は近所の耳鼻咽喉《いんこう》科の医院で事務員をしていたが、これから教育費のかかる子供ふたりを抱えて母子家庭となり、途方に暮れたに違いない。

が、あおいは、苦しんだり、怒ったり、悲しんだりする母をまったく思い出せないのだった。思い出すのは、忙しそうに朝食や夕食の支度をする後ろ姿、あわてて鏡台に向き合って口紅をつけているところ、テレビのバラエティ番組を見て子供たちと一緒に笑っている顔。そんな母ばかりである。

兄は自発的にどんどん勉強する優等生だった。それにくらべると、あおいは空想の世界に遊ぶのが好きな、夢見がちな少女だった。最初に家に帰り着くのはあおいである。マンガを読んだり画集を広げたりして、ノートに絵を描いて、その横に自分で創《つく》った「おはなし」を書き添えた「絵本ノート」はクラスじゅうの女子のあいだで回し読みされた。自分の絵を人に見てもらう喜びを、その頃にあおいは味わった。

母は、実家のある長野県下の女学校を卒業したのち、就職のために上京して、勤務先で父と知り合って結婚した——ということだった。母が自分の過去を語るのをあまり聞いたことがなかったが、何しろ勉強とも絵ともからきし縁のない人生を送ってきたようだった。

子供たちの宿題をみることなど皆目なかったし、芸術的素養もない。あおいが図書館から借りてきたピカソの画集を見せたときなど、「これって絵なの？」と目をぱちくりさせていた。

おそらくは生涯のどこにもアートの「ア」の字もみつけられない母とは真逆に、あおいはアート以外のことにはほとんどかかわらずに、気がつけば四十路《よそじ》を迎えていた。あまりにも仕事に夢中になりすぎて、うっかり婚期も逃してしまった。そこのところは、先輩ギャラリストの相田七月生と似通っている。

が、たった一度だけ、母も絵に興味があるのかもと、あおいの心にほのかな期待を呼ぶできごとがあった。

十歳の頃のことである。あおいは外耳炎をわずらって、母の勤務先の医院で診察してもらった。そのとき初めて、あおいは母が仕事しているところを見た。

受付のカウンターの奥、書類が積まれた事務机にかじりつくようにして、母は一心不乱にカルテの整理をしていた。娘がやってきても、べつだん話しかけるでもなく、ただただ自分の仕事に集中していた。あおいはなんとなく肩透かしをくらった気がしたが、ふと、母の机の前の壁に、ポストカード大の切り抜きの絵が貼《は》ってあるのが目に入った。

それは、遠目に見ても、普通ではない空気をまとった女性の絵であった。

立ち姿の、うつくしい女性。赤いドレスに、光沢のある青い衣を肩がけにしている。そして、ふっくらと愛くるしい裸の幼子を両腕に抱いていた。このふたりは母と子なのだと、すぐにわかった。

透けるように白い肌、うっすらと紅をさした頰、伏し目がちなまなざし。彼女と幼子、両方の頭上には金色の輪がかすかに載っていた。

背景は、黒、ただひと色。ゆえに、人物像が闇《やみ》の中から輝きをまとって浮かび上がっているように見えた。

あおいは、もっとよく見ようと、受付のカウンターに身を乗り出した。

机の前の壁にはやたら雑多なメモや文字の切り抜きがびっしりと貼り出されてあった。そのごちゃごちゃした中に、その女の人は、すっと浮かび上がっていた。いまであれば「掃《は》き溜《だ》めに鶴《つる》」とひと言で言い表せるだろうが、そのとき、少女のあおいは、そのごちゃごちゃした中に浮かび上がる清らかな母と子を、なんと言っていいかわからなかった。

あおいがのぞき込んでいるのに気づいていたはずだったが、母は、あおいのほうを振り向きもせずに、ひたすら作業に熱中していた。娘が職場にやってきて、どこか照れくささがあったのかもしれない。

診察が終わって、支払いを済ませて帰るとき、もういちどのぞき込むと、母は手を止めてこちらを振り向いた。

（その絵、何？）と小声で訊くと、母は、（あ、と、で）と口を動かして、小さく手を振った。

帰り道、自転車のペダルをこぎながら、あおいの胸はほのぼのと明るかった。

脇目《わきめ》もふらずに働く母の姿は、なんだかかっこよく見えた。そして、机の前にごちゃごちゃとメモだのなんだのを貼る以外に、たった一枚きりではあっても、絵の切り抜きを貼る余裕が母にあるのだ——ということがわかって、うれしかった。

その夜、帰ってきた母に、あらためて、あの絵何？　と訊いてみた。

——知らない、と母は答えた。

待合室に置いている古雑誌を破棄するまえに、ぱらぱらとページをめくっていたら、目に留まったのだという。じっとみつめていると、なんだか吸い込まれてしまうような気がした。本物の絵ではないけれど、絵を見てそんな気持ちになったのは初めてだった。なんだかわからないけど、捨てるのが惜しく、その絵のページを切り抜いて、机の前に貼ってみた。

——なんだかわかんない。でも、きれいだから、見てたら元気になる気がして。

そう言って、母は照れ笑いをした。それから、

——あんた、よくみつけたねえ。やっぱり、絵が好きなんだね。

妙に感心していた。今度は、あおいのほうが照れ笑いする番だった。

中学生になってから、あの絵の身元がわかった。教科書に載っていたのをみつけたのだ。

〈大公の聖母〉。イタリア、ルネッサンスの画家、ラファエロが描いた傑作だった。

母に教えてあげようと思いながら、それっきり忘れてしまった。

なんだかわかんない絵、けれどその一枚の切り抜きは、七十歳で退職するまで、事

務机の前の壁から母を励まし続けたのだろう。

実家のドアを開けて狭い玄関へ入ると、廊下の向こうから調子っぱずれのメロディが流れてくる。

ただいま、と言いかけたあおいは、

「え、なにこれ？　ハーモニカ？」

と、思わず声に出した。

高齢者専用の都営住宅である。都心にある十二階建てマンションで、母はこの住宅の最上階、1DKの部屋にひとりで住んでいる。ちょうど医院を退職する頃、新築の高齢者住宅の募集があって、試しに応募してみたところ、見事に当たったのだ。

最寄りの駅まで徒歩三分、小さいながらも南向きの気持ちのいい部屋で、家賃がなんと三万円である。以来、ずっと住んでいるので、かれこれ十五年になる。「おふくろが人生でつかんだ最大の幸運だな」と兄がつくづく感心していた。

あおいは、四十歳になったのを機に郊外に1LDKのマンションを購入し、やはりひとり暮らしをしている。母と一緒に暮らすことは考えなかった。母がいまの暮らしを気に入っているから。

ただし、週に一度は顔を出すようにして、海外出張に出かける前後は必ず母のところに泊まった。母の住まいからは羽田空港へも東京駅へもアクセスが非常によかったから、出張には都合のいい中継地点だった。

バーゼルのアートフェアでの売上げは上々で、足取りも軽く帰ってきたあおいだったが、予期せぬハーモニカの音色に迎えられて、なんとなく拍子抜けした。

耳を澄まして音色を追いかけてみる。どうやら「ふるさと」を吹いているようだ。

「ただいま」

ダイニングの引き戸を開けて――高齢者住宅なので玄関以外の戸はすべて引き戸だった――あおいは声をかけた。

こんもりと丸い背中が見えた。北国生まれのくせに寒がりの母は、部屋の中でも寒い寒いと言って、冬でも夏でも何枚も重ね着をしている。だから後ろからみるとトトロのようだった。夢中で吹いていて、あおいが帰ってきたことにまったく気づいていないようだ。

「ねえ、ハーモニカ、どうしたの？」

母の目の前に立つと、あおいはそう問いかけた。

母はぎょっとして、「わっ、びっくりした！」と声を上げた。

「まったくもう、泥棒みたいにこっそりと入ってきて……ただいまくらい言いなさい」

あおいは「言ったよ。そっちが聞いてなかったんじゃない」と言い返した。

「そうなの？　全然聞こえなかった。耳が遠くなったのかな」

「それだけ盛大にハーモニカ吹いてたら、誰だって聞こえないでしょ」

荷物を置くと、あおいはテーブルを挟んで母の向かいに座った。

「晩ご飯食べたの？」と母が訊いた。

「うん。機内食食べた。お母さんは？」あおいが訊き返した。

「あたしはお昼の残りでお茶漬け食べたよ。おもしろいテレビやってなくて、つまんないからハーモニカ吹いてたんだ」

バーゼルで何十億もの取引をまとめて帰ってこようが、ニューヨークで華々しくオークションに参加して帰ってこようが、実家に帰り着くといつもこんな感じで、まるで近所に食パンを買いに行って戻ってきたかのように、母はごくふつうの会話をぽんと投げてくる。ほっとする、との七月生のひと言を、あおいはふいに思い出した。

「へえ。そのハーモニカ、どうしたの？」

「うん、笹川《ささがわ》さんがね、こないだ、病院に定期検診に行くとき付き添ってくれて、そのついでに買ってくれた。ほら、御茶ノ水のへん、楽器屋さんがいっぱいあるでしょう？　それで、なんか楽器弾けるの？　って訊かれたから、ハーモニカならできる、って答えたの。そしたら、じゃあプレゼントさせて、ってね、買ってくれたの。練習して、今度聴かせてって」

笹川さんとは、母の住宅の階下の住人である。まだ七十歳で元気な彼女は、あおいが日本を留守にしているとき、病院に付き添ってくれたり、様子を見にきてくれたり、細やかに母の生活のケアをしてくれている。ありがたい母の味方だった。

「ハーモニカかあ。それは盲点だったな」

まさか母が楽器をたしなむとは思っていなかったあおいは、感心してそう言った。

「え？　『笑点』で誰かハーモニカ吹くの？」

と母が返してきたので、あおいは思わず噴き出した。こういうときはそのままスルーしたほうがいい。

「さっき吹いてたの、『ふるさと』だよね？　なかなか、上手だったよ」

「そう？」と母は、うれしそうな笑顔になった。

「もう一回、吹いてよ」

「やだ。いまは、そういう気分じゃないから」と、もったいぶっている。

「なーんだ。じゃあ、どういうときがハーモニカ気分なの？」

母は、うふふ、と笑ってから、目を細めてあおいの顔をみつめた。

「さびしいとき」

あおいは、どきりと胸を鳴らした。

母は、手にしていた銀色のハーモニカを箱に収めて、「今日は、もうおしまい」とふたをした。それから、あおいの目を見ずに、

「おかえり。無事でよかった」

そうつぶやいた。


美術品の取引の正念場は、一回につき、少なくとも二度、訪れる。

最初は取引先と話をまとめるとき。市場価格に適合したベストプライスを提案し、相手を納得させる必要がある。もっとも、相手が熱心なコレクターである場合、市場価格など関係なく、どんな高値でも買いたがることもある。逆に値切ってくる相手もいる。競争相手も往々にして現れる。同じアーティストの別の作品を提案してクライ

アントをさらっていくのだ。だから、取引先と話をまとめ、購入契約書にサインを得るまでは、まったくもって気を抜けない。

二度目の正念場は、取引先が外国人の場合の、送金のタイミングを計るときである。たいていUSドルで取引するため、取引金額が大きい場合、下手をすると為替の差損が生じるのだ。ゆえに、為替の変動を見越して価格を設定しなければならない。為替レートが一円動いただけでも利益が変わってくる。為替の変動を時々刻々見守るのも、ギャラリストの重要な仕事だ。

深夜、あおいは、ぐったりと疲れ果てて、タクシーで母の家へ帰ってきた。

自分が担当している大型の取引がまとまりかけていて、遅くまでニューヨークのクライアントとビデオ会議をし、為替の変動を見守っていた。日本円にして三十億円を超える取引が決まりかけていた。これが決まれば昇給まちがいなしである。いよいよ母の住む地区にマンションを買うタイミングかもしれないと、心ひそかに思っていた。

なんとしてもこの取引を成功させなければ。緊張は頂点に達していた。

足音を忍ばせて、ふすまを開け、母の寝室へと入る。母はベッドでよく眠っている。

「スーピー、スーピー」と派手な寝息である。

あおいは、終電を逃すと、こうしてこっそり母のところへ帰ってくるのだが、この派手な寝息を耳にするたび、笑いを押し殺すのに苦労をする。そして、豆電球の薄明かりの下で、眠っている母の顔を確認する。鼻ちょうちんをふくらましていてもよさそうな、実にいい寝顔である。

シャワーを浴びて、パジャマに着替え、母のベッドの横に布団《ふとん》を敷いて、横になる。スーピー、スーピー、派手な寝息に自分の寝息を重ねるうちに、とろりと眠気のカーテンが下りてきて、いつのまにか眠りに落ちた。

いくつもの短い夢をみた。どれもこれも、いやな夢だった。取引が破談になる、電車に乗り遅れる、社長に降格を申し渡される、七月生にあきれられる……。

「あーちゃん。あおい。起きなさい。これ、起きなさいってば！」

ゆさゆさ、ゆさゆさ。揺すぶられて、がばっと飛び起きた。一瞬、自分がどこにいるのか、まったくわからなかった。

心配顔の母がかたわらに立っていた。右手に「マジックハンド」を握って、ハンドの先端を開けたり閉じたり、カクカクさせている。それがすっと伸びて、あおいの肩を器用につかんだ。

「うわっ！」とあおいは叫んだ。

「やめてよもう、びっくりするじゃない！」

「だってあんた、ずいぶんうなされてたんだもの」と母が言った。

「声かけても起きないし、あたしは腰の手術してから屈《かが》めなくなっちゃったし……だからこれで起こしたの」

カクカク、動かして見せた。確かに母は入院中、屈んじゃだめですよ、マジックハンドを使って下さいと看護師に言われ、あおいがそれを買ってやったのだ。母は術後手に若干のしびれが残っていて、小さいものをよく落とすのだが、このハンドはなんだって拾えるんだと、自慢していた。

「ああ、そう。ありがと」不機嫌な声であおいは礼を言った。

「あんたの携帯が何回も鳴ってたよ」

教えられて、あおいは跳ねるように立ち上がった。あわてて携帯を探したが、ない。布団の上にも、バッグの中にも。

「え、どこ？　お母さん、どこで携帯鳴ってた？」

「そっちのほう」

母は、ハンドでダイニングの方を指し示した。ダイニングの椅子《いす》の背もたれに掛けたままにしていたコートのポケットを探ると、あった。画面には七月生からの着信とメッセージが矢継ぎ早に入っている。〈例の作品、売り主が翻意しそう、いますぐドルを用意しないとゲームオーバー！〉とのメッセージを見て、あおいは真っ青になった。

大急ぎで服を着ているところへ、母が、「頼みたいことがあるんだけど、いい？」と言い出した。

「なに？　ダメ、いまは」と早口で答えると、

「でもね、困ってんの。次にあんたが帰ってきたときに頼もうと思ってたのよ」

食い下がってくる。あおいはコートを羽織りながら、

「だからダメって言ってるでしょ！」

ついどなってしまった。母は、たちまち、しおれた青菜のようにしゅんとなった。はっとして、あおいは「ごめん」とすぐにあやまった。

「でも、ちょっと急いでて、いまはダメなの。いまじゃなきゃダメ？」

母は、雨の中で身震いする犬のように、ふるふると頭を振った。

「いまじゃなくても、いい」

力なく答えた。いかにも憐《あわ》れな様子で。あおいはむしろ苛立《いらだ》ちを覚えた。いつのまに、こんなおかしな演技力がついたのだろうか。

「頼みたいことって、何？」

苛立ちをどうにか押しつぶして訊くと、母は、叱《しか》られた少女のようにうつむいて、

「ハーモニカがね。音の出が悪くって……直しに出してほしいんだけど……」

あおいは、ため息をついた。そんなことをこのタイミングで頼む母の無神経さと、そんなことにすら応《こた》えてやれない自分のふがいなさ、その両方に腹が立った。

「ごめん」ともう一度、あおいはあやまった。

「今度ね」

うん、と母はうなずいた。

「今度でいいよ。……いつ？」

「そうね、いつになるかな……でも、そのうちに。約束するよ」

あおいは腕時計をちらりと見た。もう出かけなければ、大商いが吹っ飛んでしまう。

「ごめん、また連絡する。じゃあ」

大急ぎでパンプスを履くと、廊下にぽつねんと立ち尽くす母のほうを振り返りもせず、出ていった。

なんだろう、母との約束を忘れているような気がする。

ふいにそう思い出したのは、七月生とともに石畳の街角を歩いているときだった。

翌年の五月、あおいは七月生とともにイタリアのフィレンツェに来ていた。ヴェネチアで二年に一度開催される現代アートの祭典、ヴェネチア・ビエンナーレのオープニングに参加したあと、とあるコレクターを訪問するためにフィレンツェまで足を伸ばしたのだ。

前夜にフィレンツェに到着し、アポイントはその日の午前十時だった。せっかく美しい古都に来たのだから、訪問先まで歩いていこうということになった。あおいにとってフィレンツェは二度目だったが、前回の訪問は大学の卒業記念旅行だったので、ずいぶんひさしぶりだ。

さわやかな朝の日差しの中、川風に頬を撫《な》でられながらヴェッキオ橋を渡った。橋の先のひとつめの角を曲がったところで、なんの脈絡もなく、母のことを思い出した。正確にいえば、母と何か約束している、ということを。

訪問先の邸宅の入り口に到着したところで、ジャケットのポケットの中でスマートフォンが鳴り始めた。画面を見ると、兄からの着信だった。あおいはしばらく画面をみつめていたが、電話には出ずに、スマホをポケットにしまい込んだ。

インターフォンで呼び出そうとしていた七月生が、手を止めて訊いた。

「いまの電話、お母さんじゃないの？」

あおいは「いえ」と答えた。

「兄です」

「どうして出ないの」七月生が畳み掛けるように尋ねた。

「いえ、大丈夫です。ここまで来ておきながら、アポイントの時間が過ぎちゃうし……」

「電話なんて、一分あればなんの用件か確かめられるよ。大丈夫、こっちの相手はイタリア人だし。一分が待てないんなら、イタリア人やめたほうがいいから」

確かにその通りだ。あおいは、その場で兄に電話をした。ワン・コールでつながった。

『あおいか。いまイタリアだってな。仕事中なんだろ？　話して大丈夫か？』

やや切羽詰まった声が、あおいをぎくりとさせた。予感は的中した。

『おふくろが、きのう、転倒して、救急車で搬送された。幸い、ちょうど笹川さんが来てたときだったみたいで、入院の手続きとか、全部、笹川さんがやってくれてさ』

えっ、とあおいは短く叫んだ。となりで七月生が眉《まゆ》を曇らせた。

「それで、どうなったの。兄さん、いまどこ？」

声が震えてしまった。兄は口早に状況を説明した。

『おれはさっき病院に着いて、医師に説明を受けたところだ。どうやら、まえに手術したあたり……脊柱にひびが入ったとかで、週明けに再手術をすることになったよ』

「お母さんは？」あおいは、こわごわ訊いた。「どうなの？」

ところが、意外な答えが返ってきた。

『それがなあ。ケロッとしてるんだ』

もう一度手術を受けますか、と医師に訊かれた母は、はい、と即答したという。

——もういっぺん、全身麻酔ですよ。

——はい、わかってます。

——もう一度、体にメスを入れるんですよ。

——そりゃそうでしょう。手術だもの。

——それでも、完治するかどうか、わかりませんよ。

——いいですよ、死んだらそれで寿命だもの。もう少し生きる寿命なら、生きて帰ってくるでしょ？

そんな会話があったという。だから大丈夫だ、と兄は、確信に満ちた明るい声でそう言った。

『ああいうのを、腹が据わってる、っていうんだろうな。先生とおふくろのかけ合いじゃ、おふくろのほうにだんぜん説得力があったよ。だから、きっと大丈夫だ。お前、あさって帰国だよな。手術は週明けだから、間に合うよ。おふくろの好きそうなドルチェでも買ってきてやってくれ。きっと喜ぶぞ』

前向きに締めくくって、兄は通話を切った。

「なーにが。ドルチェとか言っちゃって……」

無意識につぶやいた。ほっと力が抜けた。が、スマホを持つ手がずっとぶるぶる震えている。その様子を見て、「どうしたの」と七月生が声をかけた。

「お母さんに何かあったの？」

あおいは、母が転倒して入院したこと、再度手術を受ける決心をしたらしいことを七月生に伝えた。七月生は、黙って聴いていたが、

「わかった。じゃあ、橘さんはとにかく、いったんホテルに戻って待機して」

と言った。

あおいは、「いえ、私もミーティングに参加します」と突っ張った。

「そのためにここまで来たんですから……」

「橘さん、動揺してるよ。そんなとこ、相手に見せちゃまずいでしょ。とにかく、落

ち着いて、お昼までには私もホテルに帰るから」

七月生に背中を押されて、あおいはしぶしぶ歩き出した。

——相田さん、ぜんぶ、お見通しなんだな。

確かに動揺していた。七月生の言った通り、ビジネスの話をするには最低のコンディションである。ここはおとなしく引き上げたほうが無難だと、あおいは悟った。

ヴェッキオ橋を渡りながら、ほんの十分後の運命ですら人は知ることができないものなんだな、とつくづく思った。

十分まえには、胸を躍らせながらこの橋を渡ったのに、まさか急転直下、十分後に胸に不安を抱え込んでひとりで帰るなんて、予想もしなかった。

母も、きっとそうだろう。笹川さんとお茶を飲みながら楽しくおしゃべりしていたに違いない。そのほんの十分後に救急車で搬送されることになろうとは、どうして想像できただろうか。

あおいは、ヴェッキオ橋の真ん中あたりに佇《たたず》んで、滔々《とうとう》と流れるアルノ川を眺めた。朝の光をまぶしく弾《はじ》く川面《かわも》をみつめて、あおいは目を細めた。

——死んだらそれで寿命だもの。

兄に聞かされた母の言葉が、まるでさっき直接聞いたかのように、あおいの耳の奥で響いていた。

ホテルへ帰って、ひとりになるのが怖かった。余計なことを考えてしまいそうで。橋の上にずらりと軒を並べる宝飾店のショウウィンドウを見るともなしに眺めながら、あおいの足は、いつしかどこかへ――ウフィッツィ美術館へと向かっていた。

学生時代、胸をときめかせながら訪れた美術館。一度は見たいと思っていたボッティチェリの〈ヴィーナスの誕生〉を目にした瞬間に感じた、あのまばゆさ。

――もう一度見にいってみよう。

が、入り口には長蛇の列ができていた。入場までに一時間以上はかかるとわかって、あきらめた。会いたかった友につれなくされたような、しょっぱい気持ちが広がった。だったら、とあおいは気を取り直した。行ったことのない美術館へ行ってみよう。フィレンツェは美の宝庫なのだ。いくらでも見るべきものはある。

そうして、あおいが訪れたのはパラティーナ美術館だった。

十六世紀に建てられたピッティ宮殿の一角、石造りの荘厳《そうごん》な建物である。いかにも固いファサードからは想像もできないほど、内部には華麗な装飾の部屋が次々に連なり、壁という壁に、ルネッサンス期からバロック、ロココまで、各時代の絵画がところ狭しと飾られている。

四方を仰ぎ見て、あおいは、わあ、と声には出さずに心の中で歓声を上げた。

もう長いこと、美術業界の第一線で仕事をしている。いまや日常的にアートに接しているのに、初めての美術館に足を踏み入れた瞬間のときめきは、少女の頃からちっとも変わっていない。

ひとつひとつ、じっくりと、というよりも、空間ごとの絵画を体感しながら、あおいは奥へと進んでいった。ときおり、あっと驚くような有名な絵が飛び込んでくる。美術書で見たことのある名画が、ここにあったのか。いつしか夢中になって、あおいは美の迷宮をさまよった。

そして――。

見覚えのある一枚の絵の前で、あおいの足がぴたりと止まった。

漆黒の中に浮かび上がる、光り輝く聖なる母と子。微笑をうっすらと口もとに点《とも》して、慈愛に満ちたまなざしを我が子に注ぐ、そのうつくしい姿。

あ。これは――。

――ラファエロの〈大公の聖母〉だ。

あおいは、光のヴェールに包まれた聖母《マドンナ》と幼子イエスの像を前にして、記憶の川をさかのぼる小舟に乗った。

遠い日、母の仕事机の前に貼られていた一枚の切り抜き。古雑誌の一ページに載せられていた写真の切り抜きである。

捨てればいい、けれど捨てるのが惜しくて、マドンナを壁に貼り出した母。娘にみつけられて、なんだか照れくさそうだった。

——お母さん。

あおいは、胸のうちで呼びかけた。

——思い出したよ、約束。

今度、帰ったら……ハーモニカ、直しに出すからね。

あおいの目に、ふいに涙が込み上げた。同時に、うふふ、としょっぱい笑いも込み上げた。

薔薇《ばら》色《いろ》の人生　La vie en rose

ラ・ヴィ・アン・ローズ。

「どなたの色紙ですか？」

新規パスポート申請書類に目を通し始めてすぐ、カウンター越しに多恵子《たえこ》と向き合って座っている男がそう言った。

とある県の地域振興局内、「パスポート窓口」と呼ばれている一室である。柏原《かしわばら》多恵子は、四十五歳独身、駅の近くのマンションの１ＬＤＫにひとり暮らし、半年まえからその窓口の受付業務を担当している。六ヶ月区切りの派遣社員で、つい先日、初めての更新を終えたばかりだ。

御手洗由智——みたらい・よしのり、といかにも読みにくいその男の名前を確認した瞬間に声をかけられて、えっ？　と思わず多恵子は、ひっつめ髪で銀縁メガネをかけた化粧っ気のない顔を上げた。

すぐ目の前に、中年の男の顔があった。自分よりも年上だろう、銀色の髪はふさふさとして、額に前髪がふわりとかかっている。目尻《めじり》に皺《しわ》が刻まれた切れ長の目。カラーコンタクトをしているのか、瞳《ひとみ》は薄い鳶色《とびいろ》で、親しみを宿して微笑《ほほえ》んでいた。

なんのことやらわからず、ぽかんとしてしまった多恵子の顔をみつめて、御手洗は、ぷっと噴き出した。

「いや、これは失礼しました。……すみません、突然に」

くっくっと笑いながら、愉快そうに言った。多恵子は、なぜ御手洗が笑い出したのかもわからず、ぽかんとしたままである。

御手洗は笑いを収めると、なおも愉《たの》しげな声で、

「あそこに……ほら、あなたの後ろの壁に、色紙が飾ってあるでしょう？　あれのことです。どなたが書いたものなのかなあ、って思って」

と言った。

それで、ようやく多恵子はちらと後ろを振り向いて、ああ、と気の抜けた声を出し

た。

多恵子の背後には、事務机がふたつ、書類棚、コピー機などが肩を寄せ合うようにして配置されていた。ねずみ色――灰色とかグレーとかではなく、まさしくねずみ色の寒々しい壁に、色紙が一枚、ぽつんと飾られていた。フランス語だろうか、「La vie en rose」とサインペンで、あまりうまいとはいえない横文字が斜めに書かれていた。署名はなく、ただ横文字だけが躍っている色紙。

ここでの勤務が始まってすぐ、多恵子は殺風景な壁の唯一《ゆいいつ》の装飾ともいえるそれにもちろん気がついた。「パスポート窓口」の担当者は新入りの多恵子を含めて二名で、唯一の先輩である牛山瑞穂《うしやまみずほ》――彼女は県の正職員だった――に、あれは誰の色紙ですか、と尋ねてみたい気持ちもあったが、ひっきりなしではないものの、申請窓口には常に誰かしらがやって来る。職場ではいっさい私語禁止と、登録先の派遣会社から言われていた。そんなこともあって尋ねるチャンスを逸したが、取るに足らないことではあった。色紙は壁に掛かっている数字だけのカレンダーと似たようなもので、多恵子は、そのとき御手洗に言われるまで、そこにあることすら忘れていたのである。

「あれは、その……すみません、私、知らなくて」

小声で応《こた》えると、多恵子は、おだやかなまなざしから逃げるように視線を書類に落とした。記入漏れがないか、チェックボックスと書き文字を指先で追いかける。

性別：男。生年月日：昭和二十九年五月一日。本籍：〇〇県××町大泉一丁目。

——てことは、もうすぐ六十四歳か。もうちょっと若いかと思ったけど。

「……ラ・ヴィ・アン・ローズ……」

なめらかな発音のつぶやきが聞こえた。多恵子は書面をなぞる指を止めた。が、今度は顔を上げなかった。

「薔薇色《ばらいろ》の人生、かあ。あの色紙の作者は、しゃれ心がある人ですね。殺風景な壁に、『薔薇色の人生』と書いた色紙を捧《ささ》げるなんて。……あ、でも、しゃれてるのは、色紙の作者じゃなくて、それをあそこに飾ろうと思った人だ。どんな人だろう。……あなたかな？」

ひとり言のようにつぶやいている。多恵子は気が散って書類に集中できない。

隣の席では、牛山瑞穂が別の申請者の相手をしていたが、（おかしな人が来た）と気づいたのだろう、ちらりとこちらに目配せをした。

「戸籍謄本《とうほん》はお持ちですね。ご本人確認できるものをお持ちでしょうか」

顔を上げずに、多恵子は訊《き》いた。

「はい」と短く応えて、御手洗は、戸籍謄本と免許証をカウンターの上に出した。

それらの記載と申請書類の記入が一致しているか、多恵子はすばやく目を通した。このとき、戸籍や名前や住所や電話番号などの背後に潜むその人の出生や生活や年収などを想像してはいけない。個人情報の取り扱いは厳重に行われなければならないのだ。申請者がたとえどんなに好みのタイプだろうとお金持ちふうだろうと、目の前に座っているその人を一個人として見てはいけない。それが公務員の務めである、たとえハケンであっても。

「では、手続きをいたしますので、後ろの席にお掛けになって少々お待ちください」

マニュアル通りにそう言うと、皺のある目尻を下げて、御手洗はにこっと笑った。多恵子も微笑み返したつもりではあったが、口もとが強《こわ》ばってしまうのを感じた。

(何意識してんだろ、ちゃんとしなくっちゃ)

心の声がそう言った。カウンターからデスクへと移動して、端末を叩《たた》く。ちゃんとしているつもりながら、視界の片隅に御手洗の姿をとらえている。どうもこちらを見ている気がする。いや、気のせいかもしれないけど。

この地域に生まれた多恵子は、早くに父を亡《な》くして母ひとり子ひとりの家庭に育ち、奨学金を得て地元の大学を卒業した。地元の会社で事務職に就き、地元の知り合いの紹介で地元の年上の男性と結婚し、子供が欲しいと言われ続けたがついに恵まれず、それがもとになってか浮気をされて、離婚した。四十歳の春のことであった。

その間に、ひとり暮らしだった母が他界した。母が暮らしていた実家の不動産を処分し、また、母がこつこつと貯《た》めていた五百万円ほどの貯蓄を相続して、駅近の中古マンションの一室を購入した。

以来、これといった出来事も変化もない、ひとり暮らしの凪《な》いだ日常が続いている。

天涯孤独、という言葉を読書中にみつけて、いまの自分のことかなと思い、ネットで調べてみると、「身寄りがなく、ひとりぼっちで暮らすさま。また、故郷を遠く離れてひとりで暮らすさま」とあった。ほぼ当てはまるけど、「故郷を遠く離れた」ことなど一度もない。だから天涯孤独というのじゃないね、うん、違うちがう、と思い直した。

でもちょっと待てよ、こういうのを「井の中の蛙《かわず》」というんじゃないか？　私は日々パスポートを発行する手続きを担当しているけど、自分自身はパスポートを持ったことはない。この町の外側にある世界を知らない、用事もないし旅もしない。もちろん東京や大阪に行ったことはある、でももうずいぶんまえのことだ。だから私は、井戸の中でネット検索ばかりして世界を知った気になっている蛙なのかもしれない……などと考えて、多恵子の胸の中の空は、ふいに晴れたり曇ったりすることがあった。
おもしろくもなかった結婚生活と、それなりに苦しめられた離婚を体験して、五十の声も聞こえてきたので、このさき男の人に興味を持つことなんてないだろうな、とも思っていた。実際、職場にはすれっからしのおじさんばかりが詰めていた。窓口にやってくる人の顔は、業務上真正面にきちんと見なければならなかったが、この半年間、別段心動かされるようなことはなかった。学生からお年寄りまで、実にさまざまな人たちが窓口を訪れるわけだが、同じ顔はひとつとしてないはずなのに、どの顔も似たりよったりに見えてしまうのはなぜなのだろうか。

それなのに、その日、多恵子は、この十年くらいで初めてといっていいほど、ひとりの男性に対して好奇心の針がぴくりと動いたのだった。

「どうしたの、柏原さん。時間かかりすぎでしょ」

ひそひそ声をかけられて、はっとした。前を見ると、瑞穂の険しい顔があった。

「すみません」

小さく詫《わ》びて、多恵子はパソコンのキーをあわてて動かした。住基ネットで申請者の身元を確認し、問題なかったので、十年間有効のパスポートの受理票に必要事項を書き込む。それを持って、カウンターへ戻った。

「御手洗さん、お待たせしました」

壁際《かべぎわ》のベンチに腰掛けていた御手洗は、すぐに立ち上がって、再び多恵子の目の前に座った。

「パスポートは、七日後にお受け取りが可能です。ご本人さま以外にはお引き渡しできませんので、この書類を持って、もう一度いらしていただけますか」

それまで一度もなかったことだが、多恵子は申請者の目を見ずに説明をした。あまりにもまっすぐにあちらがこちらをみつめているので、どうにも視線を返せなかったのだ。

「代理人に引き取りを頼むことはできないのですか？」

御手洗が尋ねた。なぜだか、多恵子の胸がちくりとした。

「ええ、できません。パスポートのお引き渡しは、ご本人さまに限られています」

そう言い渡すと、

「……よかった」

吐息のような声が返ってきた。

「もう一度、あなたに会える」

多恵子の胸が、今度はどきりと鳴った。

リンゴーン、リンゴーン。リンゴーン、リンゴーン。

終業を知らせるチャイムの大音量が館内放送で流れ始めた。「わっ」と声を上げて、御手洗は立ち上がった。

「な、なんですかこれ？　まさか隣はノートル゠ダム寺院？」

本気で驚いている。多恵子は思わず噴き出しそうになったのをぐっとこらえて、

「終業のチャイムです。スピーカーがこわれているみたいで、半年まえからずっとこんな調子です」

涼しい顔で言ってみせた。

「いやあ、びっくりした。心臓に悪いなあ」

御手洗は文字通り胸を撫《な》で下ろしている。（あれ、かわいいじゃない？）と、多恵子の心の声がささやいた。

「ありがとうございました。じゃあ、七日後に。また来ます」

そう言うと、御手洗はさっさと部屋を出ていってしまった。

（なあんだ）と、心の声がまたささやいたので、（なあんだって、なんだ？）ともう一方の心の声がささやき返した。

（いや、だってさ。なんだか私にちょっと興味もったみたいな感じのことを言ったじ

ゃない？)

(興味をもったって？　馬鹿《ばか》じゃないの、なんで私なんかに興味をもつわけ？　ないないないない、百パーセント、ない)

「お疲れさまでした、お先に」

残業する構えの瑞穂に挨拶《あいさつ》し、タイムレコーダーにICカードをピッとかざして、通用口から駐車場へ出る。月曜日から金曜日まで、午後五時五分までには業務を終え、五時八分にはこうして外へ出ている。

このあとは五時十一分に正面玄関横に到着するコミュニティバスに乗り込んで、渋滞なしの道を約十分乗車。駅前で降りて、マンションまで徒歩五分。途中にあるミニスーパーで夕食用の買い物を済ませ、部屋に帰り着くのは六時まえ。夕食のしたくをゆっくりとしても、六時五十分のNHKローカル局ニュースで地元の天気予報を眺めながらひとりで食事するのには、じゅうぶん間に合うのだった。

役所の前には川が流れていて、川岸は桜並木になっていた。東京から特急で二時間ほどの地方にあるこの町は、東京よりも二週間ほど遅れて桜前線が到着する。多恵子の実家は駅からは車で三十分ほどの山中にあったので、桜が満開になるのは四月の終わり頃だった。いまはもうなくなってしまった実家の庭に一本だけ桜の木があった。

ここはもう葉桜だけど、いまごろうちの桜は満開だろうな、残っていればの話だけれど……。

バス乗り場に向かおうとして、多恵子は足を止めた。停留所に、御手洗が立っていた。スマートフォンで電話中の様子である。多恵子の心臓が胸の中で大きく跳ねた。

森の中で珍しい蝶《ちょう》をみつけたときのように、多恵子は無意識にそろり、そろりと近づいていった。

「Oui, oui… je vous remercie de m'avoir consacré votre temps pour le briefing, mais…」

御手洗は流暢《りゅうちょう》な外国語で会話をしている。多恵子の胸はますますときめいた。何語だろう、英語じゃない。ひょっとして、フランス語？

ふと、御手洗がこちらに顔を向けた。（ひゃっ）と多恵子は首をすっこめた。

「――お帰りですか？」

スマホを耳から外して、御手洗が声をかけてきた。多恵子は首をうしろに引いたまま、「はい」と答えた。

「ご自宅はどちらで？」

「は？　いえあの、駅前、ですが……」

反射的に答えてしまった。御手洗は、にこっと笑った。

「そうですか。ちょっと待って」

再びスマホの会話に戻った。（ちょっと待って、って？）多恵子の中で、ほんのりと期待に似た気持ちが広がった。

川沿いの道路の向こうにバスが現れた。それに気づいた多恵子の気持ちは、翻《ひるがえ》って戸惑いに変わった。

バスが来たら乗らなければならない。これを見送ったら、次のバスは一時間後である。

ところが、まったく予期せぬことが起こった。

バスとは反対側から、ハイヤーが近づいてきた。その車が、すうっと役所の敷地に進入して、多恵子の目の前でぴたりと停まったのである。

――え？

多恵子は凍りついた。

運転手が降車すると、白い手袋をはめた手でがちゃりと後部座席のドアを開けた。

多恵子の目の前で。

「Oui, merci de votre aimable confirmation...」と会話を続けていた御手洗が、またスマホを耳から外して言った。

「乗ってください」

多恵子は目を白黒させるばかりだ。と、御手洗は、スマホでの会話に戻りつつ、多恵子の肩を軽く片手で抱いた。そこだけが発火したようにぱっと熱く感じて、多恵子は促されるままに後部座席に乗り込んだ。御手洗も一緒に乗り込み、運転手がドアを閉めた。すぐに車は発進した。

――ええ？　何この展開?!

乗ってしまって、さすがに多恵子は動揺した。御手洗は、まだスマホでフランス語らしき会話を続けている。多恵子の胸は特急列車が通過する踏切のごとくカンカンカンカンと鳴っていた。

――どうしよう、どうしよう。何これ、まさか、新手の拉致《らち》？　いやいやいや、拉致って何よ拉致って！　おじさんがおばさんを拉致してどうすんの？　しかも私、別にお金持ちでも美人でもないよ？　拉致する意味ないよ？　あ、でも大丈夫、だって私この人の身元ちゃんとわかってるもん。御手洗由智、性別：男。生年月日：昭和二十九年五月一日。本籍：〇〇県××町大泉一丁目。何かあったらすぐ被害届出せる、だから大丈夫、だいじょうぶ……。

「À plus tard, merci, au revoir」

通話を切って、御手洗はひとつ、息をついた。そして、多恵子のほうを向くと、にこっと笑いかけた。多恵子は顔をこわばらせた。とても笑い返せなかった。

「僕、今日これから電車で東京へ帰るので、ついでにあなたを駅までお送りしようと思って」

そう言われて、多恵子は現実に引き戻された。

「東京へお帰りですか？　でも、確かお住まいは……」

現住所は県内だった。御手洗は笑顔のままで、

「広尾にも……東京の渋谷区にも住まいがあるんです」

と答えた。広尾、東京、渋谷区。そして流暢なフランス語。もしかして、この人はものすごいお金持ちなのだろうか。会社の社長か、実業家だろうか？　ついさっきパスポートの申請のために訪れて顔を見知っただけの女性を、送るともなんとも言わずに車に押し込んでしまう行為には、お金持ち特有の強引さと嫌味のなさの両方があった。そして、不思議なことに多恵子はちっともいやではなかった。

「それはどうも、ありがとうございます、ご親切に」

しどろもどろになって多恵子は返した。御手洗は何がそんなにうれしいのか、にこにこしている。

「あの、フランス語……ですか？　いま、電話で話していたのは……」

会話が途切れてはいけないと、多恵子は言葉を続けた。

「ウイ、マダム」と歌うような調子で御手洗が返した。「その通りです」

「ずいぶんペラペラなんですね。あちらに長く住んでおられたんですか？」

多恵子の質問に、御手洗は、ふふっと笑った。

「まさか。人生で初めてパスポートを申請したんですよ」

「あ、そうだった」と言って、多恵子は肩をすくめた。御手洗は、今度は気持ちのいい笑い声を立てた。

「でも、外国に行ったことがなくて、どうしてそんなに流暢に話せるんですか？」

すぐには答えずに、御手洗はこちらをじっとみつめている。多恵子は耳まで熱くなるのを感じた。

車窓の外を流れゆく景色に視線を移すと、御手洗は言った。

「どうせ、あなたには僕の身元は割れているんだ。このさい、打ち明けてしまおうかな」

多恵子はうつむけていた顔を上げて、こっそりと隣を窺《うかが》った。御手洗は、横顔のままで話し始めた。

「僕の祖母はフランス人だったんです。祖父は戦前、貿易商をしていて、フランスに仕事で行った際に、祖母を見初めて日本に連れ帰った。そして結婚したんだそうです」

御手洗の祖母はかつて女流画家で、かの「藤田嗣治《つぐはる》」――と言われても美術とか絵とかフランスとかにまったく無縁の多恵子には誰のことやらさっぱりわからなかった――ともいっとき恋仲だったとかいう、フランス画壇きっての美人だったらしい。祖父は仕事でパリへ行ったついでに画廊に立ち寄り、好奇心の赴くままに流行《はや》りの絵画を買い求めた。その中に祖母の絵があった。女流画家の作品だと知って会ってみたいと思い、画廊主に紹介してもらった。それで、絵よりも画家のほうをすっかり気に入ってしまい、日本へ連れてきてしまった。

そうして生まれた御手洗の父は、フランス語と絵を描くことを祖母に教えられて育った。父もまた画家を志し、今の東京芸大に入った。そして絵のモデルをしていた母と出会い、恋に落ちた。祖父の猛反対にあい、父は勘当されたが、それでも母への思いを貫いて、とうとう結婚した。

その直後にあの戦争が起こった。フランスは日本の敵国になり、祖母が抑留されることを恐れた祖父は、祖母をフランスへ逃した。父は召集されたが、どうにか命をつないで帰ってきた。祖父は東京大空襲の犠牲者となっていた。

戦後のごたごたの中で祖父の遺産を処分し、父は母とともにこの県へやって来て住み着いた。地元で絵画教室とフランス語教室を営み、細々と暮らしていたが、母は御手洗が小学生のときに病気で他界してしまった。

御手洗は、ひとり言をフランス語でつぶやく父に育てられた。フランス語を聞いたり話したりすると、会ったことのない祖母に守られているような気がしたものだった。

そんなわけで御手洗はフランス語が得意な青年に成長し、東大の仏文科に進学した。フランス留学を視野に入れていたのだが、ちょうどその頃に父が若年性アルツハイマー病を発症したので、どうしてもかなわなかった。

御手洗は大学卒業後地元に戻り、父の面倒をみながら生きていかねばならなかった。こつこつフランス語の翻訳などを手がけてどうにか糊口《ここう》をしのいだが、父の医療費もかさばって切羽詰まった。追い詰められて、どうしよう、と考えた末に、祖父がたったひとつ遺《のこ》したもの――父が最後までそれだけは手放さなかった「とある絵」を、銀座の画廊に持ち込んで鑑定してもらった。結果を聞いて御手洗は驚愕《きょうがく》した。なんとそれはあの「ゴッホ」の絵——さすがに多恵子もその名は知っている——である可能性が高いと言われたのだ。

画廊主は、出処《でどころ》は極秘にするので是非とも譲ってほしいと頼み込んだ。御手洗はキツネにつままれたような気がした。所有者である父に売却してもよいかどうかを聞くべきだろうとも思ったが、父はすでに物事を判断することが困難になっていた。これは孫の顔も見ずに逝《い》ってしまった祖父が遺してくれた唯一の贈り物なのかもしれない、と心を決めて、御手洗はその絵を売却した。「とても口にはできないくらいの」金額だった。

父に黙って大切な絵を売ってしまった御手洗は、このままで終わっては祖父と父の両方に申し訳が立たないと思い、売却で得たお金を元手に株を始めた。これが大当たりした。

あれよあれよというまに資産が増えた。バブル時代には不動産取引も手がけて「ちょっと口外できないくらいの」資産になった。その後、バブル崩壊で地獄をみたが、IT株で再び大儲《おおもう》け、リーマンショックでまた無一文、そしてまた中国株、IT株で儲けていまに至る。なんとも形容しがたい六十四年の人生を送ってきた——と、駅に着くまでの十分間で、多恵子は御手洗の身の上話にすっかり捕えられてしまった。

「父はこの春、おだやかに亡くなりました」と最後につけ加えたところで、駅のロータリーにハイヤーが到着した。

ふたりは車を降りた。御手洗は、多恵子に向き合うと、

「つまらない話を聞いていただいて、ありがとう」

ひょこっと頭を下げた。……すっごく、おもしろかったです。多恵子は言った。あ、いえ、あの、おもしろかったはヘンですね。ば……薔薇色の人生、っていうか」

おかしなことを口走ってしまった。なんだか気が動転していた。御手洗は微笑んだ。

「薔薇色の人生、だったらよかったんですけどね。実際は、天国と地獄の両方を見てきましたよ。父の面倒を長らくみてきたこともあって、自分の四分の一のルーツがあるフランスに行ったことすらないし……生涯の伴侶《はんりょ》を得ることもなかったし」

どきりとした。その瞬間から、多恵子の胸は急に動悸《どうき》が速くなった。

「いまも、その、お……ひとり、なんですか？」

思い切って訊くと、「はい。ひとりです」と生真面目《きまじめ》な答えが返ってきた。

「――あなたは？」

問われて、多恵子は顔を上げた。

御手洗の目が、じっとこちらをみつめている。薄い鳶色の濁りのない目。フランス人の祖母ゆずりの瞳の色……だろうか。

「あっ、わたし、ですか？　も、もも、もちろんです。ひっひとりですひとり」

バツイチです、以来男っ気ゼロです、と勢いで言ってしまいそうになったが、どうにか止めた。御手洗は目尻にしわを寄せて微笑んだ。いっそうやさしい目になった。

「そうですか。……よかった」

ひとり言のようにつぶやいてから、

「じゃあ、また。七日後に」

——帰ってきます。あなたに会いに。

軽く手を振って、改札口へと去っていった。


歯がゆいほどのろのろと七日間が過ぎた。

日曜日、多恵子は、生まれて初めてジェルネイルなるものに挑戦した。

駅前の雑居ビルの一階に、いつからかネイルサロンの看板が出ているのを通りすがりに目にしていた。が、まさか自分がそのドアを開けて入っていこうとは想像したことがなかった。

爪《つめ》のベースは光沢のある桜色、先端を三日月型に白くする。これをフレンチネイルというのだと、年若いネイリストが教えてくれた。

翌日、いつものようにコミュニティバスに乗って出勤した。多恵子は膝《ひざ》の上で両手の指を閉じたり開いたりしてみた。自分の手だとは思えない。爪がきれいに整っているというだけで、こんなに気持ちが上向きになるものなんだろうか。

川沿いの桜並木はすっかり青葉が萌《も》え出《い》でて、風をはらんで盛んに揺らいでいる。多恵子は緑風に真新しいワンピースの裾《すそ》を翻して職場へと急いだ。

「おはようございます」

つい弾んだ声を出した。自家用車で通っている瑞穂はいつもひと足先に出勤している。「おはようございます」と返してから、

「あれ、柏原さん、なんだかちょっと雰囲気違うね。イメージチェンジ？」

珍しくそんなことを言った。「いえ、別に」と応えつつ、髪も切ったたし、ネイルもしたし、カジュアルファッションの量販店で新しいワンピースを買ったし、思いっきりイメージチェンジしたつもりであった。

七日まえ、御手洗と別れたあと、多恵子は夢見心地で自宅へ帰り、すぐにネット検

索してみた。
——ゴッホの絵画　七十九億円で落札
——ゴッホの絵　また最高落札価格を更新
——ゴッホ展　動員数五十万人を突破
——オランダのゴッホ美術館　年間入場者数　百万人を超える
オークションの落札価格だとか、平均売却価格だとか、展覧会の動員数だとか、調べれば調べるほどすごい数字が出てくる。多恵子はごくりと喉《のど》を鳴らした。御手洗の話では、ゴッホの絵一枚の値段は「とても口にはできないくらいの」額だったという。まさしく天文学的な金額だったのだろう。
——ゴッホについて調べるのはこれっきりにしよう。
多恵子は決めて、パソコンの電源を切った。スマホを触っているとついチェックしてしまいそうで、これも夜のあいだは電源を完全に落とした。テレビを見る気にもならず、食事をする気にもならない。目を閉じれば御手洗の笑顔ばかりが浮かぶ。どうしたんだろう、おかしくなってしまったんじゃないかと不安になるくらいだった。
みるみる体重が落ちて、余計な肉がつき始めていたウエスト周りがすっきりした。四日目の朝、起き抜けに鏡を見てびっくりした。わずか四日間で三十代の頃の体型に戻ったようだった。

五日目、多恵子は夢の中で御手洗に抱かれた。くちづけを交わし、服を脱がされ、肌と肌が重なり合う――と、ちょうどいいところで目が覚めてしまった。「なんだよもう」と声に出して文句を言いながら、洗面所に行って鏡をのぞくと、血色のよい顔はほんのりと艶《つや》やかで、自分でもはっとするほど色っぽく見えた。

六日目、日曜日。また御手洗に抱かれる夢をみた。今度はかなりリアルだった。夢の中で、多恵子は御手洗にまたがって激しく腰を動かしていた。あと少しでイク、という瞬間に目覚めて、あっと息をのんだ。

体の奥がじっとりと濡《ぬ》れていた。しばらく呆然《ぼうぜん》と天井に視線を放っていたが、おもむろにベッドを抜け出すと出かけるしたくを始めた。

――明日、あの人が来たら。

その日いちにち、ヘアサロンやネイルサロンを訪れ、ショッピングに勤《いそ》しみながら、多恵子は何度もなんども自分に言い聞かせた。

――なんとか会話して、どうにか食事に誘って、きっと次に繋《つな》げよう。

また会えますか？　――また会いたいです。

多恵子の心も体も、もうすでにぜんぶ、御手洗のものだった。

そして七日目。

「パスポート窓口」の部屋のドアが開くたびに、はっとして多恵子は顔を向けた。そして、いちいち心底がっかりした。次の人も、また次の人も、多恵子の待ち人ではなかった。

中央の壁にアナログな丸時計が掛かっている。多恵子は申請の対応をしながら、一分に一度、時計を見上げた。時計の針の動きがこれほどまでに遅いと思ったことはない。止まってしまったんじゃないかといくたび疑ったことだろう。

昼を過ぎても御手洗は現れなかった。多恵子は焦《あせ》り始めた。

——まさか来ないなんてことはないよね？

——いや大丈夫、だってパスポートがあるもん。絶対に来るはず。

二時、三時、四時。来ない、来ない、こ、な、い。

時計の針が四時半を回ったとき、多恵子はほとんど泣き出しそうになった。

——なんなの私、パスポートを人質にして、馬鹿みたいに待って、待ち続けて。

四時五十五分。

がちゃりとドアが開いた。多恵子ははっとして顔を向けた。鳶色のやさしい瞳と目が合った。

「──すみません。パスポートの受け取り、まだ間に合いますか？」

御手洗が息切れした声で訊いた。肩が激しく上下している。庁舎の入り口からここまで一気に駆けてきてくれたのだ。間に合うように。──いいや、私に会うために。

多恵子は思わず立ち上がった。「はいっ」と全身で答えた。その瞬間、涙がぽろりとこぼれ落ちてしまった。


その夜、多恵子は御手洗に抱かれた。もう夢ではなかった。

どういう言葉で誘ったのか、はっきり覚えていない。けれど、誘ったのは多恵子のほうだった。駅まで今度はタクシーで一緒に行くことになって、帰ろうとした御手洗を、食事でも、と必死に繋ぎ止めた。そして、あまりしゃれてはいなかったが、駅前の居酒屋で食事をし、したたかに酔った。自然の成り行きで多恵子の自宅へ行き、部屋に入るなり、多恵子のほうから御手洗の手を引いて、ベッドに誘い込んだのだった。

多恵子は一度ならず、二度、三度と御手洗を求めた。御手洗は年齢を感じさせないたくましさでそれに応じてくれた。その夜、ふたりはほとんど何も会話をしなかった。それでも多恵子は隅々まで満たされた。

ふたりとも、明け方近くになってようやくまどろんだ。眠りに落ちる寸前に、多恵子は夢見心地で訊いた。

――パスポートを持って、フランスへ行っちゃうの？

うん、と聞こえた気がした。

――私も連れてってくれる？

返事はなかった。多恵子はそのまま、深い眠りに落ちた。

七時半にセットしている目覚まし時計のアラーム音が鳴り始めても、多恵子はなかなか目覚めなかった。

しばらくしてようやくまぶたを開くと、ぼやけた視界の中で時計の針が八時半を指しているのが見えた。「ええっ」とひと声叫んで、多恵子は飛び起きた。

――あれ？

全裸のままで、部屋の中を見回した。

御手洗が、いない。影も形もない。多恵子は呆然と立ち尽くした。

テーブルの上にベージュのリボンがついた自分の長財布が載っているのが目に入った。嫌な予感がした。恐る恐る手に取って、中を開けてみた。

札入れのポケットから、きれいさっぱりお札がなくなっていた。その代わり、一枚の紙が入っていた。

ゴッホ展のチケットだった。


次の土曜日。

多恵子は、東京の上野にある美術館へと出かけていった。

あのあと、御手洗由智は実は「御手洗由智」ではなかったのではないか、と多恵子はようやく気がついた。つまり、どこかから戸籍を買ってパスポートを偽造したのだろうと。そういう事件が増えているので、パスポート窓口の担当者は厳重かつ慎重な対応を求められている。まさかこんな田舎の役所に偽装申請をする輩《やから》がいるはずがないとタカをくっていた。が、まんまとやられてしまったのかもしれなかった。だから、身元を知られているのに、あんなことができたのだ。あくまでも、多恵子の想像ではあったが。

それでも、自分が騙《だま》されて偽《にせ》のパスポートを発行してしまったとは認めたくなかった。ちょっとした出来心で、行きずりの馬鹿な女の財布から現金をちょろまかしただけかもしれない。そう思いたかった。

あの人が話してくれたことはほんとうだ。その証拠に、私の財布の中に一枚のチケットを残していったのだ。

「ゴッホ展」に行けば、きっと何かがわかるかもしれない。ひょっとすると、あの人が「とても口にはできないくらいの」値段で売った一点が、その展覧会に出品されているのかも。

とにかく、行ってみよう。

勇気を振り絞って、上野の美術館へ出かけた。

ゴールデンウィーク間近の好天とあって、上野公園は人いきれでむせ返るほどだった。

人波をかき分けて、多恵子は美術館へと足を進めた。どこかであの人が自分を待っていてくれるんじゃないかと、かすかな期待もあったのだが、この混雑ではとてもじゃないがみつけられないだろう。

けれど多恵子の心は（運命が導いてくれるかもしれない）と、都合のいいささやきを止めなかった。

――あの人が運命の人なら、どんな人ごみの中でもきっと私をみつけてくれるはず。

――どこまで馬鹿なの、私。そんなドラマだかマンガだかみたいな展開が、どうしてこのつまんないだけの人生に起こるわけ？

胸をときめかせながら、美術館の入り口をくぐる。せわしなくロビーを眺め渡した。が、やはりどこにもあの男の姿はなかった。

――いいや、わかんないよ、まだ。展覧会の中で、どこかの絵の前にいるのかも……。

会場の入り口でチケットを差し出した。女性スタッフは、そのチケットをもぎりかけて手を止めた。

――何してんの、早く中へ入れてよ、早くはやく。

「あの、お客さま。すみませんが、この展覧会は先月終了いたしました」

――は？

多恵子はそのスタッフの顔を穴が空くほどみつめた。彼女は神妙な顔でみつめ返している。

「あの、いまやってるのは、ゴッホ展じゃ……？」

「ないです」

きっぱりと返されて、多恵子は目の前の壁に掲げられた展覧会のタイトルを見上げた。

〈花の女たち ルノワールと十九世紀の肖像画展〉

——あっちゃあ。……全然、ぜんっぜん、違う。

多恵子はぽかんと口を開けたまま、動けなくなってしまった。

——どんだけ馬鹿なんだろ私……。

「あのう……お客さま」

ややあって、スタッフの声がした。

「こちらのチケットではこの展覧会はご覧いただけませんが、常設展の入場券がついておりますので、よろしかったら、そちらをご覧ください」

そうして、多恵子はその美術館の常設展示室へと入っていった。

表の人ごみが嘘《うそ》のように、展示室は静まり返っていた。まるで澄んだ湖の底のように。

初めはこわごわと足を踏み入れた多恵子は、いつしか光の粒をまとった藻のあいだを泳ぐ魚になって、ひとつひとつの作品を渡っていった。静かに微笑《ほほえ》みかける女性、雲の切れ間から注ぎ込む陽光を受けてきらめく風景、風に枝をなびかせる木々、色とりどりの花々、人々が日々の暮らしを営む家々、家族の肖像。多恵子の目にはそのすべてが新鮮に映った。乾いた土塊《つちくれ》のような胸に染《し》み入る恵みの雨となって、絵の数々は多恵子を包み込んでくれた。

あの男の姿は、やはりどこにもない。でもきっと、と多恵子は思った。——この美術館のどこかに、あの人が画廊に売ったとかいう——そんなことはもう信じてはいないが——ゴッホの絵があるのかもしれない。それを私に見せたくて、あの人は、私の財布にチケットを残したのだ。

ふと、多恵子は、一枚の絵の前で足を止めた。

ほんのりピンクの薔薇と、白の薔薇。夏だろうか、豊かな緑を背景に、花々が群れて立ち上がっている。その絵は、ただただ、薔薇の花の絵だった。ただそれだけで、みずみずしく命を誇っていた。

誰の絵だろうか。多恵子は、そこで初めてその絵を描いた画家に興味を引かれた。そして、絵のかたわらのキャプションに、画家の名前と題名をみつけた。

フィンセント・ファン・ゴッホ〈ばら〉。

多恵子は、思わず微笑をこぼした。

——ラ・ヴィ・アン・ローズ。……これのことか。

心の声がささやいた。多恵子は、くすりと笑い声を立てた。

川沿いの桜並木の緑が、いっそう豊かに枝葉の繁《しげ》りをこんもりとさせて、朝の光にきらめいている。

「おはようございます」

月曜日、ひっつめ髪に化粧っ気のない顔で職場に現れた多恵子は、牛山瑞穂に向かって明るい声であいさつをした。「おはようございます」と歯切れのいいあいさつがすぐに返ってきた。

いつもと同じ朝。いつもと同じ職場。いつもと同じ自分が、いつも通りの仕事を始める。

けれど、多恵子の胸の中には、一昨日《おととい》美術館で見た白い薔薇の残像があった。

昼休み、パスポートの申請者が途切れたタイミングで、ふと多恵子は瑞穂に訊いてみた。

「あの……そこに飾ってある色紙。なんだかずっと気になってたんですけど、誰が書いたんですか？」

瑞穂は、書類をチェックしていた顔を上げて、「ああ、あれ？」と、つっけんどんに言った。

「私よ」

え？　と多恵子はきょとんとした。

「牛山さんが？」

「そ。ここに配属されて来たとき、あんまり殺風景な壁だったから、何か飾りたいなって。エディット・ピアフの名曲のタイトルよ。私、好きなんだよね、シャンソン」

ほんとは薔薇の絵でも飾りたかったんだけどね、と言ってから、少し照れくさそうに笑った。

つられて、多恵子も笑ってしまった。

ねずみ色のデスクを挟んで、二輪のオールド・ローズが、はらりと笑ってほころびた。

豪奢《ごうしゃ》　Luxe

青山にあるタワーマンションの最上階のエレベーターホールで、下倉紗季《しもくらさき》は半乾きの長い髪を無造作に結い上げ、きらきら光る石がたくさんついたバレッタで留めているところだった。

エレベーターのドアはワインカラーのエナメル風仕上げで、そこに紗季のほっそりとバランスのよい体が映り込んでいる。白いワンピースも、なめらかな革のジャケットも、華奢《きゃしゃ》なヒールのパンプスも、腕時計も、ショルダーバッグも、すべてが誰もが知っている名だたるブランドもので揃《そろ》えてある。たったいま髪の上に収まったバレッタでさえ、友だちがその名を聞けばたちまち色めき立つブランドのものだ。そしてそれらのすべては紗季が自分で買ったものではない。二十四歳の彼女にそんな財力があるはずもない。それらひとつひとつは、紗季がほんの五分まえまで一緒に過ごしていた男、谷地哲郎《やちてつろう》に買い与えられたものだった。

谷地はIT起業家で、仮想通貨を運用する企業を立ち上げ、昨年上場させた。三十五歳にして総資産は百億円を超える。学生時代から起業することだけを考え、仲間を増やし、資本を募り、準備してきた。若くして頂点へ駆け上った野心家ではあったが、現状をひっくり返すゲームチェンジャーとしての資質を持ち合わせていた。

莫大《ばくだい》な資産を手にした彼は、人であれ物であれ、どんなものを欲しがってもよかった。元モデルの妻と三歳になるひとり息子の家族があったが、目をつけた女の子は、自社の社員だろうがクラブのホステスだろうが、すべて自分のものにしてきた。紗季は、そうして谷地が手に入れたうちのひとりだった。

エレベーターの到着を待ちながら、紗季はワインカラーの鏡のようなドアに映り込んだ自分の姿をしげしげと眺めた。身に着けているひとつひとつのブランド名をつぶやいてみる。ワンピースはクロエ、ジャケットはセリーヌ、バッグはエルメス、パンプスはシャネル、カルティエの時計は、その日、「海外出張のおみやげ」と言って渡されたものだった。

「まさかね……」

紗季は、思わず声に出して言った。苦笑いがこみ上げた。

――これ全部、私のもの？　ヘンな感じ……。

全身に一流ブランドをまとい、都心の超高級マンションの「密会部屋」のドアを叩《たた》いて、そこで待ち構えていた大金持ちの男と、ついさっきまで情事に耽《ふけ》っていた。まるで映画のワンシーンのような情景を反芻《はんすう》して、紗季は少しぞっとした。幸せに酔いしれる、というのとは違った。何か空恐ろしい感じだった。

ここで谷地と密会したのはこの日が初めてではなく、もう何度も訪れていた。そのたびに、ひとつ、またひとつと谷地から高価なプレゼントを手渡され、だんだん自分が高級な女に仕立てられていくのを、初めのうちは他人事《ひとごと》のように不思議な気持ちで、しかし次第に大胆に実感するようになっていった。一度に何十万円もの現金を手渡されることもある。当初は受け取るのをためらったが、いらないの？　と不機嫌になるので、じゃあ、と受け取った。俺のために仕事辞めてもらったんだから受け取っていいんだよ、との言葉は、紗季の耳にとてつもなくやさしく響いた。愛の言葉をささやかれたことは一度もなかったが、贈り物をもらえば、自分のことを大切にしてくれているのだ、とうれしくなった。そのくせ、どこかに冷めたまなざしで自分を眺めている別の自分がいた。この人は愛情を目に見える「かたち」にするのだ、とびきり豪奢なかたちに。

エレベーターのドアが音もなく開いた。すらりと背の高い女性が出てきて、一瞬目が合った。紗季は反射的に体を強《こわ》ばらせた。

——奥さん？

会ったことはないが、そう直感した。彼女のほうは紗季を一瞥《いちべつ》もせずに、肩を尖《とが》らせ、ヒールを鳴らして行ってしまった。

——バレた？

このマンションに部屋を持っていることは誰にも秘密なんだ、だから連絡したらすぐに来てほしい——と谷地に言われていた。つまり、妻の知らない「密会部屋」である。さっきの女性がほんとうに妻だとしたら——このマンションには芸能人や裕福な人々が暮らしているから、いかにも「IT長者の妻」っぽい女性はしょっちゅう見かけるのだが——「密会部屋」の存在を知って、まさか、乗り込んできたのだろうか。

すばやくエレベーターに乗り、一階のボタンを押す。無意識に止めていた息を放った。エレベーターの箱の中には、朽ちかけた花の香りのような残り香が漂っていた。

紗季が谷地と付き合い始めてまもなく半年が経《た》とうとしている。谷地からの連絡はいつも突然で予想ができず、十分後に「部屋」に来てほしいなどということはざらだった。

谷地の要望に応《こた》えるためには、勤めを続けることは難しかった。谷地と関係を持って三ヶ月経った頃、迷ったあげく、退職する決心をした。

紗季は都内の大学を卒業してから、六本木にある現代アートのギャラリーに就職した。学生時代にたまたま通りがかり心惹《ひ》かれて、入ってみようかと思ったのがきっかけだった。そのとき十九歳だった紗季は、ほんとうに入場料も払わずに入っていけるのだろうかと、痛いくらいに胸がどきどきした。が、びっくりするほどあっさりとドアは開かれた。

受付にひとり、スタッフが座っていたが、紗季が入っていっても挨拶《あいさつ》ひとつしなかった。奥にはオフィスがあるようで、そこで何人かのスタッフが黙々と仕事に打ち込んでいるようだった。客が店に入っていけば買おうが買うまいがとにかく挨拶をする、それがふつうだと思っていた紗季にとって、入場料も挨拶もなしに入っていけるギャラリーの空間はことさら新鮮だった。

展示室には誰もおらず、天井の高い真っ白な空間はしんと静まり返った水槽の底のようだった。まっさらな壁に、大きな絵——にぎやかな色彩の抽象画がぽつりと一点だけ掛かっていた。紗季はその前に佇《たたず》んで長い時間みつめていた。アーティストの名前も知らなかったし、絵の意味もわからなかったが、みつめるうちに、無音の水槽の中でじっと動かない熱帯魚になったような気分を味わった。雑多な世界から隔離されたかのようなその空間に、いつまでも浮かんでいたかった。

そうして展示が替わるごとに足繁《あししげ》くそこを訪れたが、何度行ってもスタッフと挨拶することはなかった。それでも就職活動を始めてまっさきに訪問した。あえてアポイントなしで突撃したのは、紗季なりの作戦だった。事前に電話をして面談を申し込めば「スタッフは募集していません」とすげなく断られる気がしたからだ。思い切っていけばドアが開くかもしれない、その可能性にかけた。

ちょうどそのとき、社長の榎本進《えのもとすすむ》が在廊中だった。思いがけず榎本は会ってくれた。彼は言った。——君、ちょくちょく来てただろ？　紗季のほうは榎本を見かけた記憶はなかったが、モニターで観察してたよ、と榎本は笑った。防犯カメラは作品を鑑賞する紗季を長時間映し続けていたらしい。スタッフのあいだで紗季はすっかり知られていた。——おもしろいね、君、と榎本の一言で、紗季の就職が決まった。

社長の榎本は、銀座の老舗《しにせ》画廊で十五年間働き、五年まえに独立して自分のギャラリーを持った。新進気鋭の現代アーティストを売り出しつつ、オークションに出せば数十億円で落札される現代美術の大物作家の作品も扱っていた。

　ここのところ現代アートのマーケットが活況を呈しているのは、いわゆる「IT長者」のような新興の富裕層が、堰《せき》を切ったように潤沢な資本を美術品購入に流し込んでいるからだ。榎本はその潮目を巧みに読んで独立を果たし、ギャラリーの顧客リストには、またたくまに若手の現代アートコレクターが名を連ねた。

　最近アートへの投資を始めたという株のトレーダー——ギャラリーの顧客のひとり——に連れられて、谷地がやって来たのは半年まえのことである。紗季は社長のアシスタントとして、商談に同席した。

　当時、入社後二年の紗季は、十名いるギャラリースタッフの中ではもっとも若かったし、経験も浅かったが、言われたことは素早く的確にこなし、言われないことも先回りしてやった。気遣いができて機転もきく新人は、スタッフ皆から重宝され、社長も重要な商談に積極的に同席させて、仕事を覚えるように仕向けてくれた。

　紗季は子供の頃から絵を描くのが好きで、画家になるのが夢だったのだが、芸大受験でつまずき、自分にはアーティストになる素質はない、と早々に悟った。結局、大学で美術史を学び、とにかくアートに接する仕事に就きたいと考えてきた。もとより美術館の学芸員になるのは、狭き門とはこの職業のためにある言葉ではないかと思うほど難しいことだとわかっていた。ギャラリーだとて狭き門である。が、紗季は初めから榎本のギャラリーにフォーカスを定めた。念願かなって採用され、どれほどうれしかったことだろう。アートの世界の仲間入りを果たして、紗季は生き生きと働いた。

「なんでお前そんなにまぶしいの？」と、榎本にからかわれるほどだった。

そのまぶしさが谷地の目に留まった。

紗季は、初めて会った瞬間から、谷地が異様に熱っぽいまなざしを自分に向けていることに気がついた。榎本は端末で販売可能《アヴェイラブル》な高額作品を谷地に見せ、これはいま市場に出ているフランシス・ベーコンの作品の中ではもっとも優れたものであると切々と語っていたが、谷地が何も聞いていないのは明らかだった。紗季は谷地と目を合わせないようにした。猛禽類《もうきんるい》に狙《ねら》われた小動物の気分だったが、あまりおずおずしていては商談に障《さわ》る。どうしたものかと思案していると、

「あなたはこの作品をどう思いますか？」

いきなり谷地に水を向けられた。すらすらと語っていた榎本はぴたりと口をつぐんで紗季を見た。紗季は戸惑ったが、そうとは見せずに、

「榎本が申し上げました通り、本作は、現時点でアヴェイラブルなベーコン作品中で

最高傑作です。これを逃せば、次はいつ市場に出て来るかわかりません。ビッグチャンスだと思います」

と答えた。谷地はかすかに笑って、

「じゃ、買います。あなたがそう思うなら」

十億五千万円の商談が即決した。

谷地がギャラリーを去ってすぐ、榎本は紗季の肩をぽんぽんと勢いよく叩いて、

「大取引をまとめたな。お前の手柄だよ」と褒めちぎった。紗季も、もちろんうれしかった。が、しばらくすると、奇妙な不安が靄《もや》のように広がった。社長の話は聞かずに、新人の自分の意見を聞き入れて、十億円を超える作品をぽんと買ってしまう——そんな人にコレクターとしての資質があるのだろうか？

その日の夜、谷地からメールが届いた。——今日はいい買い物をさせてもらってありがとう。御礼に食事に誘いたいんだけど。その文面から女の子を誘い慣れている空気が読めた。

紗季はすぐには返事をせず、翌朝になって、ていねいなメールを送った。——このたびは誠にありがとうございます。弊社の榎本も、谷地様のお目の高さに感心しきりで、チャンスを決して逃さない潔《いさぎよ》さに感服しておりました。今後とも優れた現代アー

トのコレクションを形成なされますよう、社を挙げてご協力申し上げる所存です。そして、追伸、と最後に一文を添えた。——お食事へのお誘いありがとうございました。私でよろしければ、喜んでお伴《とも》させていただきます。

食事に誘われたことは榎本には報告しなかった。そのあとどうなるか、なんとなく予感があったから。

高級会員制クラブで食事をし、送るから、と言われて、紗季は谷地の運転手付きの黒塗りの車に同乗した。しかし車は紗季の独り住まいのワンルームマンションではなく、「密会部屋」に向かったのだった。

あの日から三ヶ月——。

「ほんとうに急で申し訳ないのですが、今月いっぱいで退職させていただきたく、お願いいたします」

ギャラリーの社長室に入ると、紗季は榎本に向かって深々と頭を下げた。榎本は目を瞬《また》かせて紗季をみつめていたが、やがて得心したように、

「わかったよ」

短く返事をした。何もかもわかっているのだ——と紗季は、谷地との関係を隠し切れていなかったことを恥ずかしく思ったが、反面、勝ち誇ったような気持ちもどこか

にあった。

「寿《ことぶき》か」

ひと言、榎本が訊《き》いた。紗季は首を横に振った。榎本は口の端を吊《つ》り上げて苦笑した。

「そっちの都合だから退職金は出ないぞ」

「はい」と紗季は即答した。

「必要ありません」

社長は、今度は乾いた声を立てて笑った。

「ずいぶん高い女になったな」

褒めているのか、なじっているのか、紗季にはわからなかった。


紗季が生まれて初めて「絵画」というものを意識したのは、小学校一年生、六歳のときのことである。

上野の国立西洋美術館で、アメリカの大コレクターの展覧会があった。「バーンズ・コレクション展」といって、コレクターの遺言で門外不出だったフランス近代絵画の数々が日本で初めて公開されるということで、大評判になった展覧会である。

紗季の父は千葉県内の高校の英語の教師、母はやはり県内の図書館司書だった。紗季は幼い頃から両親の休日に、図書館や水族館や美術館に連れられていったものだ。お父さんもお母さんも「館」と付く場所が好きなのだと、物心のつく頃にはもうわかっていた。

西洋美術館の前の通りには長い長い行列ができていた。入場まで二時間待ちだって、と父と母がひそひそ言い合っていた。じゃあなおさら見たいよね、がんばって並ぼう、と。

紗季は並んでいる途中で疲れてしまって、父におぶわれて眠ってしまった。父はさぞかしくたびれたことだろう。が、ようやく会場に入ることができた瞬間、父も母も疲れなどどこかに吹っ飛んでしまったかのように、おお、と声を上げて、踊るように軽やかな足取りで、作品の前にできている人垣に近づいていった。

展示室内はひどく混雑し、熱気が溢《あふ》れ返っていた。紗季ははぐれないように、母の手をしっかりとにぎっていた。人垣が森のように鬱蒼《うっそう》として、なかなか絵が見えない。すみません、子供に見せてやっていただけませんか、と母が囁《ささや》きながら、紗季の手を引いて人垣の前へと出てくれた。

人垣の暗い森の中を抜け、ぱっと視界が拓《ひら》けた。目の前に広がる不思議なかたちの山の風景、躍動する人のかたち、見たこともないほど晴れやかな色彩の空、海、花、窓、金魚。紗季は、いつしか母の手をしびれるくらい強く握りしめていた。目の覚めるような青があった。ときめく赤、緋色《ひいろ》、したたる緑。紗季を抱きしめて離さなかったのは、アンリ・マティスの絵だった。もちろん、そのときは誰が描いたのかわからなかったし、誰が描いていようと関係なかった。紗季はただその色にあたたかく抱きしめられた。とても気持ちよく。

成長して、自分も絵を描くようになり、あれがマティスという画家の絵だと知ったときにも、あのときのあたたかさ、心地よさがありありと蘇《よみがえ》った。中学の美術の教科書の表紙を飾っていたマティスの絵を見て、マンガを描くのが得意な友だちが、何この絵、ぺらっぺらで全然立体感ないし、あたしでも描けるよ、と言ったとき、そうかな、と思った。

誰でも描けるのかな、こんなふうに？　いや、絶対無理、これはマティスにしか描けないよ、きっと。

実際、紗季はマティスの絵の模写に挑戦してみた。そして、どうやったらこんな色が、こんなかたちが描けたのか——近づくことすらできない。まるで魔法だとわかったのだった。

シャワーのあとにバスローブを羽織って出てきた紗季に向かって、「これ」と谷地がカタログを差し出した。

オークションの出品目録だった。「Impressionist and Modern Art」とある。

「来週、香港でオークションがあるから、参加しようと思うんだ」

付箋《ふせん》が貼《は》ってあるページを見ると、マティスの小品が載っていた。女性の裸像で、一九五〇年代のあでやかな色彩の良品である。落札予想価格は一千万〜一千二百万USドル。紗季は目を見張った。

「本気なの？」

紗季の声色に懸念《けねん》があると感じ取ったのか、「なんでだよ」と谷地は不機嫌そうに返した。

「紗季もマティスが好きだって言ってたじゃないか。いっこほしいんだよ」

「一点」ではなく、「いっこ」。子供じみた言い回しが紗季の気持ちを逆撫《さかな》でした。

半年前にフランシス・ベーコンを自分のものにしてから、谷地はどんどんアートワークを買い続けていた。しかしその買い方は異様だった。最初の一作、ベーコンの作品は確かにマスターピースと呼べるものだったが、それ以降はやみくもであった。榎本ばかりでなく、ほかのギャラリストや老舗画廊の売り込みもあり、言われるままに買っている。紗季にはいっさい相談がなかった。

密会部屋に行くたびに、ひとつ、またひとつと開けられないままの箱が増え、かろうじて箱からは出されたものの、布袋に入れられたまま廊下や部屋の片隅に放置されているフレームもみつけた。木箱に貼られたラベルを見てぎょっとしたこともある。「Pablo Picasso 1969」と書いてあったのだ。

さすがに紗季は谷地に忠告した。長いあいだ梱包《こんぽう》を解かずに、温湿度のコントロールがされていない場所に放置するのは作品にダメージを与えると。すると谷地はやはり不機嫌そうに返した。——俺のものなんだから、どうしようと俺の勝手だろ。うるさいこと言うなよ。

「香港に行くの？」

毛羽立った声で尋ねると、

「行かないよ」

ぶっきらぼうに谷地は答えた。

「絶対落とせるって言ってるディーラーがいるんだ。そいつにぜんぶ頼むよ。マティスなら資産価値もあるんだろ。いま買っておけば絶対値崩れしないし、何年か寝かせてまたオークションに出せばもっと値段が上がるはずだって」

確かにマティスのような巨匠の作品は、所有者が手放さないこともあって、美術マーケットでの値段は年々高騰《こうとう》している。が、マティスの作品をよく知りもしないのに資産として手に入れようとする谷地の考え方に、紗季は我慢ができなかった。

「……最低」

つい口にした。

と、次の瞬間、谷地の手が飛んできた。頭の中でバチッと激しい音がした。紗季は両手で頬を抑えて、床にしゃがみ込んだ。

「うるせえよ。生意気なこと言うな」

紗季は全身を尖らせて固くなった。谷地はいまいましそうに舌打ちをして、部屋を出ていった。

ばたん、と荒々しく玄関のドアが閉まる音がした。紗季はバスローブの胸をはだけたまま、いつまでもその場にへたり込んでいた。

あの日から二週間、谷地と会っていなかった。会いたくもなかったし、きっともうこれで終わりだろうとの予感があった。

ただぼうっとしているうちに時間だけが過ぎていった。

ワンルームの部屋に引きこもって、日がな一日テレビを眺めて過ごし、サンダルをつっかけて近所のコンビニへ何か食べるものを買いに行った。

菓子パンをかじりながら、部屋の片隅にあるハンガーラックを眺める。一、二度しか袖《そで》を通していない新品同様のブランドの服が抜け殻のようにぶら下がっていた。その下にはブランドバッグがいくつも並べられている。あれを自分が身につけていたのだろうか、と紗季はまったく他人事のように思った。

一週間が経ち、ようやくネットで求人情報をチェックし始めた。美術関係の仕事に絞り込んで探したが、美術館やギャラリーの求人は皆無。「アーティスティックアドヴァイザー」「アートディレクター」などというような単語をみつけては一瞬色めき立ったが、会社の概要を見れば、それらの職能が実際にはなんら美術とは関係なさそうだとすぐわかった。

——もうアートの仕事には戻れないのかな。

激しい後悔が湧《わ》き上がった。どうしてあっさり辞めてしまったんだろう。谷地との関係をずっと続けるためだった。もしかすると、結婚してくれるかもしれない。いや、結婚は無理としても、仕事を辞めてまで関係を続ける自分を大切にしてくれるだろう。一生、困らせたりはしないだろう。経済的にも、精神的にも。――一瞬でもそう信じたのだ。

――馬鹿《ばか》だな、私。

ようやく紗季の中に自責の念が目覚めた。

親にどう言おう。ギャラリーを辞めたことを両親にはまだ話していなかった。就職が決まったときは、よかったね、と両親は、それはそれは喜んでくれた。母は白木のフレームに入ったマティスのポストカードをお祝いに贈ってくれた。大好きなアートの仕事に就けてよかったね。がんばってください――とメッセージが添えられていた。マティスの切り絵の作品。赤いハートがフレームいっぱいに躍って、狭い部屋の中であたたかく脈打っていた。

晩秋だった。木枯らし一号が吹き荒れた日、紗季の部屋に宅配便の大きな箱が届けられた。有名ブランド店から直送されたものだった。まさか、と思いながら、紗季は箱を開けてみた。

艶《つや》やかな毛皮のコートが現れた。とろけるような手触り。ミンクのコートだ。ポケットに封筒が入っていた。飛行機のeチケット。三日後、羽田発、パリ、シャルル・ド・ゴール国際空港行き。

《届いたよ》

紗季は、すぐに谷地にショートメッセージを送った。

《どういうこと?》

《このまえはごめん》五秒で返信がきた。

《よかったら一緒にパリに行こう。休み取ったから。そのコート着てきて。それを着た紗季が見たい》

涙があふれた。ミンクのコートを抱きしめ、玄関先にしゃがみ込んで、紗季は泣きじゃくった。

シャルル・ド・ゴール空港でハイヤーの運転手に出迎えられ、紗季は、ヴァンドーム広場にある五つ星のホテルにチェックインした。

谷地は一日遅れでパリ入りするとのことだった。ホテルの部屋は広場を見渡すバルコニー付きだった。

シャワーを浴びて、部屋に用意されていたウェルカムシャンパンでひとり乾杯した。日本との時差は八時間、いまなら連絡してもいいかな。

《着いたよ。すっごくすてきな部屋！　ありがとう》

ショートメッセージを送ったが、なかなか返信がない。紗季は室内や広場の写真をたくさん撮り、ミンクのコートを着た自分の姿も自撮りして、次々谷地に送った。が、やはり返事がない。

——どうしたのかな。

「あ、そうか。いま、飛行機に乗ってるんだ」

口に出して言った。

なんだ、そうか、そうだった。落ちそうになった気持ちが上を向いた。

と、ショートメッセージの着信音がした。あわててスマートフォンをチェックする。

谷地からだった。

《急な仕事が入ったからそっちに行けなくなった》

紗季は息をのんだ。

——嘘《うそ》でしょ？

《何それ。じゃ私ひとりでパリ？》
《だね》
「まじで？　ちょっと、やめてよもう！」
紗季はスマホに向かって叫んだ。
《何それ、いいかげんにして。谷地さんが一緒に行こうって言うから来たんだよ。あさってでも、しあさってでもいいから来てよ。さびしいよ、ひとりなんていや。ねえ、来て。来て来て来て。お願い》
「お願い。……ねえ、お願いだよ……」
べそをかきながらメッセージを送った。何度も、何度も。けれどそれっきり、谷地から返信はなかった。

パリの街中に木枯らしが吹き荒れていた。

宵の一番星が、桃のシャーベットを溶かしたようなたそがれの空に輝いている。すっかり葉が落ちた街路樹の通りを、紗季はひとりで歩いていた。

谷地から贈られたミンクのコートは、どんな木枯らしが吹きつけようと、あたたかく体を包み込んでくれた。

一晩じゅう泣き明かして、明け方近くにようやく眠りに落ちた。目が覚めたとき、一瞬、自分がどこにいるのかわからなかった。パリのホテルの一室にひとりで寝ていて、隣に谷地はいない、と気がついて、呆然《ぼうぜん》とした。

――あの人は来ないんだ。

その現実を受け入れるまでにしばらくかかった。時計を見ると六時だった。朝じゃなくて、夕方の。せっかくパリに来ているのに、一日、寝て過ごしてしまった。もったいないことをした、とくやしくなった。

――いまからでも行ける美術館はないかな。

パリには卒業旅行で一度来ただけだったが、曜日によっては夜間開館している美術館があると知っていた。スマホで美術館情報をチェックすると、ポンピドー・センターが夜九時まで開いているとわかった。

ポンピドー・センターは現代アートの展覧会やパフォーマンスが楽しめる総合芸術センターであり、近代美術館も併設されていた。モダン・アートのコレクションは世界屈指である。友人たちと一緒に初めてここを訪れたとき、紗季は遊園地に遊ぶ少女のように、心ゆくまでアートとたわむれた。ほんの二年まえのことである。

――ひとりでまたここに来るなんて、あのときには想像もしなかったな。

ミンクのコートを美術館のクロークに預けた。薄手のワンピース姿になって、急に肩が軽くなった。木枯らしに縮こまらせていた体がのびのびと息を吹き返した。

むきだしのパイプを組み上げたようなユニークな外観のアートセンターが一九七七年に落成したとき、パリ市民のあいだでは賛否両論だったという。が、フランス随一の近現代アートの殿堂として、いまではすっかりパリの街並みに溶け込み、人々に愛される存在となっている。

ガラス張りの外壁に沿って、上へ上へとエスカレーターで登っていく。大きなガラスの外にはパリの夜景が広がり、星が降ってきたかのように街明かりがちらちらとまたたいている。冷たい空気が夜のパリをいっそう美しくきらめかせていた。

エスカレーターで上昇しながらパリの街を一望するうちに、胸の中に募ったもやもやが次第に晴れていくのを紗季は感じていた。このゆるやかな上昇が、わずらわしい日常から少しずつ解き放たれるのに力を貸してくれているようだった。

近代美術館の常設展示室へ紗季は入っていった。正面から吹きつけていた木枯らしはもう止《や》んで、静まり返った美しい森の中へと歩み入る気分だった。

展示室の壁にはバランスよく絵が掛けられてあり、そのすべてが明るいひだまりのようだった。こちらのひだまりからあちらのひだまりへと、紗季は蝶《ちょう》になって舞い飛んだ。

遠くの壁にいちだんと明るいひだまりをみつけて、紗季は、その絵の前へ歩み寄り、足をとめた。

――アンリ・マティス〈豪奢〉。

「色彩の魔術師」と呼ばれた、マティスの初期の作品である。

水辺に集まる三人の女性たち。中心になっているのは、一糸まとわぬ女性像。彼女の凛《りん》とした表情、何ものにも屈しない強い面持ち。堂々とした体軀《たいく》はまぶしく、気高い姿である。海の泡から、たったいま、ヴィーナスが誕生したのだ。

彼女の足元にかしずき、したたり落ちる水滴を健気《けなげ》に拭《ふ》き取る女。もうひとりの女は、彼女のもとに走り寄り、花束を捧《ささ》げて祝福する。

この世にはびこる邪悪、汚辱、不安、不幸。ありとあらゆる悪《あ》しきものに屈せずに生きるため、彼女は生まれたのだ。――たったいま。

紗季は、毅《き》然《ぜん》と立ち上がった女神の前に佇んで、いつまでも彼女の姿をみつめていた。そして、画家がこの絵に〈豪奢〉と名づけた真意を思った。

――この世でもっとも贅沢《ぜいたく》なこと。それは、豪華なものを身にまとうことではなく、それを脱ぎ捨てることだ。

そうだ。――きっと、そうなのだ。


閉館時間ぎりぎりまで、紗季はマティスの描いた女神とともに、深く豊かなひととき を過ごした。

警備員に追われるようにして、展示室を出た。帰りはエレベーターで一気にロビーまで降下した。

急いでクロークに向かいかけて、立ち止まった。くるりと向きを変え、紗季は、ワンピース姿のままで、木枯らしの中へ走り出た。

ミンクのコートを置き去りにして、紗季は美術館を後にした。毛皮なんて、もう、必要なかった。

冬の夜気が矢になって全身を刺した。それでも紗季は、後ろを振り向かず、街明かりのあいだを駆け抜けていった。

道　La Strada

その日に限って翠《みどり》が選んだ道は、やけに渋滞していた。翠の車、銀色のマセラッティV8は、都内の混雑した道には不似合いな車だ。日本に住んでいる限りは、高速道路で最高速度ギリギリまでアクセルを踏みこんで疾走する機会などないわけだから、こんな車を所有するのがどんなに馬鹿馬鹿《ばかばか》しいことか、よくわかっている。それでも、長らくイタリアに住んで、この車種の痛快な走りぶりにすっかり惚《ほ》れこんでしまったのだから仕方がない。五年まえに帰国してすぐV8を買った。「すっかりイタリアかぶれだな」と夫には笑われた。

月末の金曜日の午前中だから首都高は混雑しているだろう、と幹線道路を選んだのが間違いだった。ナビで確認すると、数キロ先で事故があったようだ。翠は思わず舌打ちをした。これじゃ間に合わないな、とバッグからスマートフォンを取り出したところで、着信音が鳴り響いた。すぐにスピーカーにして、「もしもし」とハンズフリーで応対する。

『貴田《たかだ》先生、井川《いがわ》です。いまどちらにいらっしゃいますか』

アシスタントの井川京香《きょうか》が早口で訊《き》いてきた。明らかに焦《あせ》っているのがわかる。

「いま、環八から玉川通りに入るところ。事故があったみたいで全然動かないの。参ったわ」

『まだこちらにいらっしゃらないから、どうされたのかと……私もそろそろ出ないと間に合わないです』

三軒茶屋にある翠の事務所で京香と待ち合わせをしていた。仕事が山積していたので、出かけるまえに多少片づけていくつもりだったが、算段が狂った。小さくため息をつくと、翠は指示を出した。

「さきに審査会場に行って、私が少し遅れる旨《むね》、事務局の友山《ともやま》さんに伝えてくれる？なんならさきに始めていただいて結構です、って」

『はい。了解しました』

「それから、事務所を出るまえに『美術新潮』の編集部に電話を入れて、今日の夕方には必ず原稿入れますって伝えて。それと、『サンデーミュージアム』のディレクター の木ノ内《きのうち》さんに、明日の収録スタジオの背景の花が何かも訊いておいて」

『花、ですか？』と、京香が不思議そうな声を出した。

「それによって着ていく服を考えるの。このまえみたいにゴクラクチョウカにヴァイオレットのワンピースじゃハレーション起こしちゃうでしょ」

くすくすと笑い声が聞こえる。

『わかりました。あ、それと、美術史学会事務局の東《あずま》さんから面談のご希望が入ってますが』

「大学の研究室に直接来るように伝えて。月曜の四時限目が終わってから」

『了解しました』

電話を切って、もう一度ため息をついた。これで多少遅れてもなんとか恰好《かっこう》がつく。

翠は国立中央美術館に向かっていた。これから、「新表現芸術大賞」の審査会に出席するのだ。

「新表現芸術大賞」は、平面表現という縛りはあるものの、日本画・現代絵画・写真など、ジャンルや手法に関わりなく優れた美術作品に与えられる賞である。日本でもっとも権威ある美術団体「日本新表現会」と大手新聞社・暁星《ぎょうせい》新聞社が共催し、戦後まもなく始まって、新人芸術家の登竜門とみなされてきた。

イタリアの大学で現代美術に関して教鞭《きょうべん》を取っていた翠が、五年まえに日本芸術大学の教授として呼び戻されたとき、審査会から声がかかった。画壇の重鎮や元文化庁長官などで構成される審査会は沈滞ムードで、賞自体もマンネリ化してきた。応募作に新鮮味が欠け、世界に打って出るような大型新人の登場もない。このままではせっかくの歴史ある賞が死んでしまう——と、事務局を担当している暁星新聞社学芸部・友山明彦《あきひこ》が、泣きついてきたのだ。

「私が参加するからには、ぐっさりメスを入れますよ。いいんですか」

審査員を受ける条件として、審査環境の一新を図ることを翠は申し入れた。友山は、「望むところです」と了承した。

最古参の審査員の退任、日本新表現会会員からの推薦の拒否、学歴偏重主義の廃止、審査員への謝礼の減額と賞金の増額など、かなり踏みこんだ提案をしたが、事務局はむしろ歓迎した。六十年近くも継続してきた賞の審査には、当然のように腐敗も存在していた。新聞社としては、時代に不似合いな密室性をなくしたい時期だった。当然、旧態依然とした審査員からは猛反発があったが、それでも翠の提案が通ったのには理由があった。

貴田翠は、時代の寵児《ちょうじ》になりつつあった。

翠は輸入商社を経営する家庭に育ち、子供の頃からパリやミラノで暮らした。パドヴァ大学で近代美術史を学び、オックスフォード大学院で博士号を取得。美術評論家として数多くの著作を出版し、フィレンツェの大学の客員教授になった。世界でもっとも権威ある現代美術のフェスティバル、ヴェネチア・ビエンナーレの審査員を務めたこともある。東京で会社を経営する日本人の夫とは一年の半分ほどしか同居していないが、適度な距離感は夫婦に新鮮味をもたらしてくれる。そんな生活だから、子供を持つ気はない。思い通りに生きて、翠の人生には少しの翳《かげ》りもなかった。

そのうえ、翠は美貌《びぼう》の持ち主だった。モデルのように無個性な美人というのではない。一歩入っていけばその場をはっとさせるようなオーラを放つ美しさだ。四十二歳でも若々しく、イタリア製のスーツをさらりと着こなす。身のこなしも、いとも優雅に。

四十代女性向けの雑誌に一度登場したのをきっかけに、メディアからの取材依頼が殺到した。民放の番組にコメンテーターとして呼ばれたのは大きかった。それ以降、テレビ出演のオファーが次々と舞いこむようになった。仕事をどんどんこなすうちに、いつのまにか女性の憧《あこが》れのアイコンになっていた。

何もかも持っているひとなのに、ちっとも嫌味がない。生まれ持っての気品がある。すました顔もすてきだけど、笑うとえくぼができるのもかわいい。翠さんが推薦する展覧会は必見。翠さんと同じワンピースが欲しい——そんな調子だから、とにかくメディアも学会も美術展の主催者も美術賞の事務局も、貴田翠の名前を欲しがった。

翠が審査員になって、新表現芸術大賞は息を吹き返した。おととしの大賞受賞者はロサンゼルスの美術館での個展も決まったし、去年の受賞者は大手ギャラリーと契約して作品は国際アートショーに出品され、売れ行きも上々だった。翠の影響力の大きさに、審査会の面々は驚きを隠せなかった。

実際、審査員の中には、翠の提案した審査方法——作品を審査するさいに、氏名、題名、経歴のすべてをブラインドにし、審査の札も無記名で投票する、という方法が、まったく理解できない者も少なくなかった。

「作家の情報が何ひとつなくて、どうやって判断すればいいと言うんですか？」

憮然《ぶぜん》とする画壇の重鎮に向かって、翠は淡々と言った。

「目があるじゃないですか。ただ見ればいいんです」

この審査方法に同意できない重鎮たちは、自ら審査会を辞した。その結果、入賞者の中には画壇の派閥に所属する作家はひとりもいなくなった。日本の美術業界の古い体質に一矢《いっし》を放ったようで、翠としてはなかなか気持ちがよかった。

中央美術館の地下駐車場で、井川京香が翠の到着を待ち構えていた。マセラッティを見ると、すぐさま駆け寄ってきて、運転席のドアを開けた。

「もう始まっちゃった？」と訊くと、

「まさか。先生がいらっしゃらなければ始まりませんよ」と返ってきた。

ヒールを鳴らして廊下を走り抜ける。会議室のドアの前に到着すると、ドアノブに手をかける京香を制した。

「ちょっと待って」

呼吸を整えて、長い髪を撫《な》でつける。黒いシャツとベージュのジャケットの襟を正す。

「いいわよ」

さっとドアが開く。会場の視線がいっせいにこちらに集まった。

「お待たせしました。あいにく道が混んでいまして」

言いながら席につく。審査員八名、事務方十名の中で、文句を言う者は誰ひとりいない。事務局の友山が肩でほっと息をついている。

「えー、それでは始めさせていただきます。まず事務局から、重要なご報告を申し上げます」

　友山が立ち上がって、手もとの資料を見ながら話し始めた。審査会場の張りつめた空気が心地よい。

「第六十二回新表現芸術大賞への応募作総数は、ついに千点を超え、千二十三点。前年度の七百五十四点を大幅に上回り、史上最多の応募数となりました」

　自然と拍手が起こる。何人かが翠の様子をうかがっている。あなたのおかげですよ、と彼らの視線が物語る。まあね、と翠は心の中で自負しても、決して表情には出さない。

　審査の段取りや今後のスケジュールをひと通り説明してから、「では、始めます」と友山の声が響き渡った。会場が、しんと静まる。

「エントリーナンバー一番、お願いします」

　観音開きにドアが開いて、ふたりの係員が大型のキャンバスを持って入ってきた。アクリルの抽象画である。審査員は、およそ三分間、じっくりと眺める。それから、手もとに配られた番号のみが印刷されているリストにメモを書きこむ。他の審査員に見られないように、審査員同士の席はふたつ以上空いている。

　三分、というのも翠が提案した検討時間だ。最終審査に残っている作品は三十点。

各三分として、九十分。大学の講義と同じく、集中できる限界の長さだ。三分はいかにも短い、という反対意見もあったが、実はそれでも長いと翠は思っていた。作品が観《み》る者の関心を奪うのには一秒もかからない。第一印象が決まるのには三秒。細部が見えてくるのに十秒。それがすぐれた作品と察知するのに、もう十秒。

二十五秒あれば、作品の全体像がつかめる。それが翠の持論だった。

あとの時間は作品とのコミュニケーションだ。もっとも楽しい時間である。二分三十秒、作品と対話し、心ゆくまで遊べばいい。

そして、ほんとうの感動は作品を観終わったあとについてくる。たとえばその作品を観たのが美術館なら、そこを出て、食事をして、電車に乗り、帰宅し、眠る直前まで、観た人の一日を豊かにし続ける。それが名作というものだ。

目の前に登場する作品が、そういう名作たりうるかどうか。翠の審査基準はその一点に尽きる。

千点以上もの応募作の中から選び抜かれた最終候補作は、当然高い技術力を備えていた。けれど、いまひとつ最初の印象が弱い。つっかかってこない。心ゆくまで対話をしてみたいと思わせる一点が現れないことに、翠は徐々にいらだちを募らせた。

――まだこないな。

一撃が欲しかった。エントリーナンバーは、すでに二十八番目になっていた。翠は、トントントン、と鉛筆の先でリストを無意識につついていた。

——今回は、該当作なしかも。

いや、そういうわけにはいかない。大賞を出さなければ、審査後に開催される展覧会の動員に影響が出る。「該当作なし」は認めない、というのが、主催者の——つまり翠のクライアントの要望なのだ。

空気が変わったのは、エントリーナンバー二十九番が登場したときだった。

ドアの陰から作品が出てきた瞬間に、不思議な感覚が翠をとらえた。

それは百号ほどの大きさの厚紙に描かれた水彩画だった。よく見ると、画用紙をつなげて一枚の紙にしている。そのいかにも貧しい支持体の上に、一本の道が描かれてあった。

どこの風景だろうか、どこにでもある田舎の——郊外の風景だ。いちめんのみどり色、右から左へと細やかなグラデーションが織りなすみどり色は、草原か、水田だろうか。片隅に一ヶ所だけ、ひだまりのような翡翠《ひすい》色が息づいている。そこだけ妙に下手くそにかすれた筆の跡が見える。

畑の真ん中を突っ切る細く白い道。水田の土手沿いに電信柱がぽつりぽつりと立ち、それを電線が細々と繋《つな》いでいる。電線の向こうに広がるのは、しんと澄んだ夕方の空。道は、その夕空のかなたに向かって吸い込まれるように続いている。残照が畑を、まばらな家々の屋根を、画面のものみなすべてを等しく照らし、明るく青い影を作っていた。

誰もいない。けれど、真新しい道の存在は、人間のひそやかな人生がどこかに息づいていることを示唆《しさ》しているようだ。

この道が指し示すもの。別れだろうか、それとも始まりなのだろうか。

「よろしいでしょうか。では次、最後の作品です。エントリーナンバー三十番……」

友山の声で、はっと我に返った。

「あっ、ちょっと待って」

翠は声を上げた。

全員の視線がいっせいにこちらを向く。知らぬ間に立ち上がっていた翠は、

「ああ、すみません。続けてください」

力が抜けたように言って、腰を下ろした。

画用紙が去り、最後の作品、本格的な日本画が登場した。けれど、最後の三分間、翠はその作品をみつめてはいなかった。

翠の心は、完全にあの画用紙に持っていかれてしまっていた。

ふとした瞬間に、心に浮かぶ風景がある。

翠の場合、それは、幼い頃に暮らした東京の郊外の真新しい道のある風景だ。ハイウェイや幹線道路などではない。車が一台通るのがやっとという幅で、細々と人が行き来する道である。

道は水田が広がる風景の真ん中をまっすぐに貫いている。畑の脇《わき》にはぽつりぽつりと平屋の市営住宅が建っている。そのうちの一軒が、翠が暮らす家だ。

翠はおそらく四、五歳で、どれほど歩いていけばその道の終わりが見えるのかよくわからない。どこまでも終わりなく続いているような気がして、家が見えなくなるところまで歩いていくのが怖かった。

昭和四十年代半ばのその道はようやく舗装されたばかりだ。記憶は断片的なものでしかないが、舗装工事のためだったのだろう、ごうん、ごうんとコンクリートをこねる機械の音が聞こえてくるのに脅《おびや》かされた。ずいぶん臆病《おくびょう》な子供だった。幼稚園に上がったばかりの頃は、去っていく母が見えなくなると泣いた。母の迎えが遅いとまた泣いた。取り残されてしまったような気がしていたのかもしれない。いつかそんな日がくることを予感していたわけではないけれど。

ぐずぐずと母に甘えるばかりの翠を、外に連れ出してくれたのは兄だった。

兄は確か、翠より六、七歳上で、小学校の高学年だった。いつもおどけて翠を笑わせ、母が仕事に出ているときはずっと一緒にいてくれる、心優しい少年だった。物心ついたときにはすでに父がいなかったので、翠にとっては何かと守ってくれる父のような存在でもあった。おにいちゃん！　と翠が駆け寄れば、細い両腕をいっぱいに広げて抱きとめてくれた。

もう四十年近くまえの思い出だ。兄の顔や声はぼんやりとしていて、はっきりと覚えていない。けれど、記憶の片隅に刻みこまれているいくつかの場面がある。

ある朝、元気よく学校に出かけたはずの兄が、すぐに戻ってきて、玄関の引き戸を開けた。そう、あの頃住んでいた家の玄関はすりガラスの入った引き戸で、開け閉めするたびにがたぴしと音を立てた。肝心なことはあまり覚えていないのに、些細《ささい》なことははっきりと脳裏に描くことができる。破れた襖《ふすま》の野菊の模様、おそらく父が落としたであろう畳の上のタバコの焦《こ》げ跡。兄の被《かぶ》っていた野球帽――ジャイアンツのYGのマーク。その帽子を被った兄が、玄関から家の中に向かって大声を張り上げた。

――みどり、みどり！　すごいぞ、ぴっかぴかの道ができたぞ！

靴を履くのももどかしく、兄に手を取られて裸足《はだし》で飛び出した。目の前に、舗装されたばかりの真っ白な道があった。

――な？　すごいだろ。

自分が作ったかのように、兄は自慢げだ。

――うん、すごい。

翠は、兄が作ったのだと思いこんだ。兄は右手の人差し指で道のあっちからこっちをぐるりと指さすと、言った。

――この道は、あっこからあっこまで、ぜーんぶみどりの道だ。

翠には、兄の言っていることがわからなかった。ぽかんと口を開けて、訊き返した。

――みどりのみち？

――そう、みどりの道だ。だから、歩くのに、みどりの許可が必要なんだ。えー、この道を歩いていってもいいですか、みどりさま？

翠はきゃっきゃっと声を上げて笑った。

――はいどうぞ、おとおりください。

――これはかたじけない。お礼に宝物を持って帰りましょう。

仕事に出かける身支度をした母が出てきて、こら、何言ってるの、早く行きなさい！と兄を叱《しか》る。笑いながら大きく手を振って、兄が走っていく。翠も手を振り返す。途中立ち止まって、何度も振り返っては、大きく手を振っている。翠も小さな手を振り続ける。朝日に白く光る道の彼方《かなた》に、兄の姿が見えなくなるまで。

兄は約束通り「宝物」を持ち帰った。赤や青や黄色のチョークを、半ズボンのポケットいっぱいに詰めこんで。

兄には得意なことがふたつあった。ひとつは翠を笑わせること。もうひとつは、絵を描くことだ。ふたつをいっぺんにすることも、しばしばあった。兄が楽しげな絵を描けば、それだけで翠はよく笑った。

――みどりさま、この道に絵を描いてもいいでしょうか？

兄がおどけて尋ねる。みどりは、はいどうぞ、と答える。

――どんな絵を描きましょうか。

――おおきなおしろをかいてください。

――お城には、誰が住んでいるのですか。

――えーとね、おかあさんと、おにいちゃんと、みどり。

道の上に、兄はどんどん絵を描いた。大きな城、大きな窓、笑顔のお母さん、かっこいいお兄ちゃん、かわいい女の子、翠。

翠も兄を真似《まね》て、思う存分、白いコンクリートの上に落書きをした。あまり夢中になって、日が暮れるのも気がつかなかったくらいだ。ふたりの名を呼ぶ母の声が聞こえてきて、ようやく立ち上がる。おかあさん！　と駆け寄る翠を、母が両腕をいっぱいに広げて受けとめる。

――翠、今日は何を描いたの？

チョークで汚れた翠の頰を指先で拭《ふ》きながら、母が尋ねる。

――おしろ。おおきなおしろ。

――お城？　翠はお城に住みたいの？

――うん、住みたい。ベッドとね、お人形がいっぱいあるお部屋。

無邪気に、そんなことを言った。

――おれが住まわせてやるよ！　おれ、大人になったら画家になるんだ。ピカソみたいなすっげえ画家になって、大きな家を買って、お母さんとみどりと一緒に住むんだ。

そう言って、兄は胸を張っていた。翠はうれしくて、母の首にぎゅっとしがみついて笑った。

――そうね、大きなお城。三人でいつか住みたいね。

優しい、けれど少し寂しそうな母の声。あのとき、母はどんな顔をしていたのだろうか。

真新しい道。細く、わびしい道。宵闇《よいやみ》の中へと、ふっつりと消えゆく道。

母と、兄と、翠。最後に三人で家路をたどったのは、いつのことだっただろうか。

それからしばらくのあいだの記憶が消えている。次に思い出すのは、家の前の道に停まった一台の車。黒塗りのぴかぴかの車のドアが開いて、見知らぬ女の人が出てくる。

女の人は、翠を見ると、両手を広げてこう言うのだ。

――さあ行きましょう、翠ちゃん。お母さんと一緒に。

翠は後ずさりする。一歩、二歩。誰かにぶつかって、振り向く。兄が立っている。

――いやだ。みどり、いきたくない。このひと、おかあさんじゃないもん。みどり、おにいちゃんといっしょにいる。

必死に兄に懇願する。兄は白い顔をして立っている。いつものように笑ったり、にぎやかにしゃべったりしない。口を真一文字に結び、すがる翠と目を合わせようともしない。

――いやだ、いやだ、いやだ。いかない、みどりいかない。おにいちゃんといる、おにいちゃんといる。

――いい子だから、言うこと聞いて。ね？ お兄ちゃんも、大きくなったら学校へ行くのよ。大好きな絵を描く学校へ行くのよ。もうお母さんはいないんだから、あなたたちは、それぞれ幸せになるの。わかった？ 幸せになるのよ。

――いやだ、いやだ、いや、いや、いや。おにいちゃんといる。おにいちゃんと。

翠は泣きじゃくった。持てる力のすべてを振り絞って、泣きじゃくった。兄の目に、みるみる涙が浮かんだ。涙はまたたくまにあふれ、頰を伝った。すがりつく翠の顔の上に、雨のしずくのようにぽつぽつとこぼれ落ちた。

大人の男がふたり、車から出てきた。寄り添うふたつの肩、翠の小さな肩と、兄の骨ばった肩を、いっきに引き剝《は》がした。あっと兄が声を上げた。

――さわるな！

兄の叫び声。

――みどりにさわるな！ おれの妹にさわるな！

男の腕に抱きかかえられて、翠は車に乗せられてしまった。

――おにいちゃん！

あちこちにひびの入ったすりガラスの引き戸の前で、もうひとりの男に両腕をつかまれて、凍りついたように兄は立ち尽くしている。翠は両手で車の暗い窓を叩《たた》いた。ふたつの腕がすっと伸びて、翠を後ろから抱き締めた。

――翠、翠。あなたは今日から、うちの子になるの。大きなお部屋を用意したわ、お人形さんもいっぱいあるの。ね？ だからいい子にしてちょうだい。

――いや、いや、いや。おにいちゃんといる、おにいちゃんと、おにいちゃんと！

車が走り出した。女の人の腕をすり抜けて、翠は夢中でリヤウィンドウに張りつき、叫んだ。

――おにいちゃん！

道の真ん中に兄が飛び出してきた。走っている。何か叫びながら、走ってついてくる。遠くなる。どんどん、遠くなる。

やがて、小さな黒い点になって、ふっつりと消えた。

「それでは、審査結果を発表いたします」

『審査結果』と書かれた画面が会議室前方のスクリーンに映し出されている。各審査員は、三つの作品に無記名で投票する。最多票を獲得した作品が大賞を受賞することになっている。翠は両手を組んでその上に軽く顎《あご》を乗せ、発表の瞬間を待った。くつろいだ雰囲気を装《よそお》ってはみたが、いつになく緊張している。

友山の合図で、事務局の女性がパソコンをクリックする。画面に三つの番号が映し出された。

「七番、五票。十九番、同じく五票。三十番、八票。よって、本年度の新表現芸術大賞は、三十番、橋爪元也《はしづめもとや》さんに決定いたしました」

ぱらぱらと拍手が起こった。翠は長テーブルの上に組んでいた両手をほどいて、すぐに挙手した。

「異議あり」

会場内の視線がまたしても翠に集まる。いまやこうして注目を集めるのが仕事のようなものだ。

「三十番はどこからどう見ても『橋爪元也』作品でしたね。彼はすでに中堅の画家だし、いまさらこの賞を獲《と》らなくたって十分に勢いがある。私は、最終審査に橋爪作品が残っていること自体に異議を呈します」

審査員席から失笑が漏れた。最年長委員、日本画家の長谷部堂潤《はせべどうじゅん》が「お言葉ですが、貴田先生」と口を開いた。

「この審査システムを提案されたのはあなたでしょう？　それにけちをつけるとは、わがままが過ぎませんかね。この賞はあなた個人のものではないのですから」

追随するように、何人かの審査員がうなずいた。五年まえに新しく編成された審査会はすでに二派に分かれている——翠派と、反翠派とに。翠は気づかれないように嘆息した。

「この賞は新人の登竜門です。私は審査システムに異論を唱えているのではなくて、最終審査に中堅画家が残っていること自体がおかしいと言っているんです」

「それなら事務局の友山君に文句を言えばいい。彼が中心になって、千人を三十人に絞りこんだんだから」

事務方はこの一ヶ月、不眠不休のはずだ。それをいたわりこそすれ、文句を言うつもりなど毛頭ない。翠は言い返しかけたが、かろうじて口を結んだ。

大賞受賞作を含む上位三作に関して、それぞれの審査員が順番に講評を述べた。翠は、「どれも力のある作品です」と述べるにとどめた。

散会後、すぐに退室しようとする翠を友山が呼びとめて、ひそひそと話しかけた。

「困りますよ貴田先生。長谷部先生を本気で怒らせたら、今後日本画の新人が応募してこなくなっちゃいますよ。それに、あんなに短い講評じゃ掲載できません」

審査員の講評は暁星新聞の文化欄とホームページに発表日に即日掲載される。友山の憂《うれ》い顔に向かって、翠は平然と言った。

「講評は今夜まとめてメールします。日本画の新人云々《うんぬん》は杞憂《きゆう》でしょ。長谷部先生の顔色を気にして応募をやめるような作家は、もともとたいした器じゃないから」

「強気だなあ」と、友山はあきれたような感心したような声を出した。

「じゃあ急ぐから。また」

かつかつとヒールを鳴らして翠は駐車場に向かった。京香が慌《あわ》ててその後に続く。車に乗りこんでエンジンをかけてから、「事務所に帰ったら、すぐ友山さんにメールして」と前を向いたまま言った。

助手席に座ってシートベルトをつけかけた京香は、ベルトを外した。

「お急ぎでしたら、いま事務局に戻ってお伝えしますけど？」

「急ぎだけど、いまじゃなくていいわ」と、翠は答えた。

「今日の審査会のエントリーナンバー二十九番。あの作家の連絡先を聞いてほしいの。それだけ」

あの作品を見た瞬間から、翠はずっと自分の記憶を追いかけていた。

確かに、あの作品を覚えている。いつか、どこかで見たことのある色、筆触、構成――そして風景。

もう少しで思い出せる。あれを描いたのが誰なのか。

アクセルをぐっと踏みこむ。表通りに出た銀色のマセラッティは、またたくまに加速して首都高に向かった。


その夏、二十歳の翠はイタリアから一時帰国し、交換留学生として日本芸術大学に通っていた。

小学校五年生のときに家族でパリに移り住み、高校生のときからミラノで暮らし始めた。パドヴァ大学に入学して近代美術史を学んでいたが、日本の近代美術も修得しておくためにやってきたのだ。留学生として母国に来るというのもおかしな話だが、海外生活の長い翠にしてみれば、ちょっとしたヴァカンス気分だった。当時、翠にはイタリア人のボーイフレンドがいたが、東京でもたくさんの男友達ができた。その中の何人かはすっかり翠に夢中になってしまっていて、どう断ったものかと少々困っていた。

プログラムを修了して今週末にはイタリアへ戻る、という週初め。やはり交換留学で来ているアメリカ人男子学生と原宿で会った。気が進まなかったが、ちゃんと断っておかなければならない。「残念だけど、あなたの気持ちを受けとめられない」と、それまでも何人かに伝えたけれど、学校で出されるどんな課題よりも難儀だった。

表参道を歩きながら、翠は自分の気持ちをていねいに英語で話した。男子学生は納得してくれなかった。ふたりはしばらく立ち話をしたが、あまりにも彼がしつこいので、翠は嫌気がさして「Let me go（もう行くから）」と足早にその場を去ろうとした。追いかけてきた彼が翠の背中に口早に語りかける。うんざりした。

通りに布を広げてアクセサリーや小物を売っている若者たちがいた。その中に、手描きの絵を広げて売っているのが見えた。翠は突然、その前にしゃがみこんだ。背後で彼が驚いて立ち止まる気配があったが、無視を決めこんだ。いかにも興味があるふりで、目の前に並んだはがき大の水彩画に視線を泳がせた。

静かに澄んだ青や緑。複数の寒色系の色がにじんで溶け合っている。湖面のようにも、草原のようにも見える色。何十枚も並べられたポストカードは、すべて単純な色の連続だった。

「あの」と控えめな男の声がした。水彩画の売り主が話しかけてきたのだ。

「行っちゃいましたよ……お連れのかた」

ほっとして、翠は下を向いたまま返した。

「いいんです。あの人、『お連れ』なんかじゃないから」

そのままポストカードを眺める。ひとつひとつはなんということのない色紙だが、何十枚も並べられると、大きなひとつの絵に見えた。グラデーションになるように並べられ、右から左へ色が濃くなっている。『一枚二百円』と段ボールの切れ端で作った手書きの札がつけられていた。それにしても、この中から一枚を選び取って買う人がいるのだろうか。

「ずいぶん単純な作品なんですね」

何気なく口走ると、「え?」と驚きの声が返ってきた。翠は顔を上げて、この絵とも呼べない単純な絵の売り主を見た。

ぼさぼさに伸びた髪を後ろで結んで、痩《や》せた髭面《ひげづら》をこちらに向けている。翠の顔を見ると、まぶしそうに目を瞬《またた》かせた。翠はすぐに視線をポストカードに戻した。

「せっかくきれいな色なのに、構図がないのは惜しいな」

そう言ってから、色そのものが構図になっている作品もある、と思い直した。

「グラデーションのバランスがきれいだから、バラ売りするのはもったいないですね。

これ、全部合わせてひとつの作品として見るといい気がする」

男は何も言わない。翠は立ち上がった。すると、男が尋ねた。

「どの色が好きですか？」

翠はもう一度全体を眺め渡すと、「これ」と迷わずに翡翠色のカードを指さした。

「私の名前の色。翠色《みどりいろ》」

そう言って、にっこり笑った。男は翠の顔をじっとみつめている。その目に不思議な輝きが宿っているのを見て、翠は少しぞくりとした。

「すみません、営業の邪魔しちゃいましたね。もう行かなくちゃ」

男は、翠の指さしたカードを手に取ると、「これ」と差し出した。

「差し上げます。持っていってください」

え？　と翠は困惑した笑みを浮かべた。

「いや、それは悪いです。あ、じゃあ買います。二百円ですね」

財布を出そうとすると、男は、いいんですいいんです、と手のひらを横に振った。

「お礼ですから」

「お礼？」

「はい。こんなものを『作品』と呼んでくださった。そのお礼です」

男は、髭面をくしゃくしゃにして笑った。その笑顔に、なんとなく抗《あらが》えない気分になった。

「ありがとう。じゃあ、いただきます」

素直に受け取って、バッグに入れた。男は少してれくさそうな表情になった。

「一色、欠けちゃいましたね」

何気なく言うと、

「そうですね。失《な》くしました」

みどり色を、と男がつぶやいた。ふと、その声に聞き覚えがあるような気がした。

「じゃあ」と行きかける翠を、あの、と男が呼びとめた。

「よかったら、また見にきてください。今度は、もう少し『作品』らしいのを並べておきますんで」

翠は微笑《ほほえ》んでうなずいた。自分の言葉にてれたのか、男はしきりに頭を掻《か》いていた。

翡翠色ただ一色のポストカードを寄宿舎のデスクの前に貼《は》って、翠はそれを長いこと眺めていた。

あの男に、どこかで会ったような気がする。ミラノだったか、パリだったか、東京だったか……。

へんなの、と翠はひとりでくすくす笑った。全然、私のタイプじゃないのにな。

それなのに、どういうわけか気になった。

三日後、ミラノにいる母親から買い物を頼まれて、翠はふたたび表参道に出向いた。迷わずに、あの「色の絵」が売られているはずの場所を目指した。いつのまにか早足になっていた。

このまえと同じ場所に、髭面の男が座りこんでいた。少し離れたところに立ち止まって、翠はその様子をじっとみつめた。

道端に敷かれた黒い布の上に、草原が広がっている。濃い青からごく薄い翠色へ、豊かなグラデーションだ。そのグラデーションの真ん中を貫くようにして、真っ白な道が描かれていた。下から上へ、太い白は上にいくほど細くなり、頂点で消えている。その頂点の真上に、男が座りこんでいる。

ゆっくり近づくと、「こんにちは」と声をかけた。はっとして男が顔を上げた。とたんに笑顔がこぼれる。むさくるしい髭面なのに、笑顔には少年の無邪気さがあった。

「これはバラ売りしないんですか？」

近づいてみると、やはり一枚一枚彩色したポストカードが並べてある。道のように見える白い部分は無地のカードだ。それでいて、このまえ見たときよりもずっとまとまりのあるひとつの絵になっていた。

「もちろん、バラ売りします。一枚二百円で……」

男はそう言いかけて、

「あ、でもまとめて買ってくださる方には一枚百円にしときます」

「いきなり半額にしちゃうんだ。太っ腹ね」

翠が言うと、男は嬉《うれ》しそうに笑った。両手に提げていた「コムデギャルソン」の大きな紙袋をどさりと地面に置いて、翠は絵の前にしゃがみこんだ。

「買い物ですか」と男が訊いた。

「ええ、母からの頼まれもので。このブランドが大好きなの。日本のおみやげに買って帰ってこいって。すっごい迷惑」

そう答えながら紙袋を軽く叩く。男は、「お母さんの……」と紙袋をみつめた。

「お母さんは、外国のかた？」

「ううん。日本人だけど、私たちずっと外国に住んでるので。私、こっちの大学に短期留学してたんだけど、あさって帰るんです」

男は、紙袋に視線を注いだまま、そうなんですか、と力なくつぶやいた。そのさきの言葉を探しているようだったが、そのまま黙りこくってしまった。明らかに意気消沈している様子を見て、何か悪いこと言っちゃったかな、と翠は少し戸惑った。

ふと、この男にほんものの絵を見せてみたくなった。絵のようなものを描いている絵描きもどきが、ほんものの芸術を見たとき、どんな反応を示すか。芸術を学ぶ学生らしい興味と、ほんのりと湧《わ》いた憐憫《れんびん》が、翠を動かした。

「そうだ。このまえの『翠色』のお礼に」

バッグの中を掻き回して、チケットを一枚取り出した。

「よかったら今日、一緒に行きませんか？　ずっと行こうと思ってチケット持ち歩いていたんだけど、なかなか行けなくて」

国立近代美術館の常設展示の入場券だった。ほんとうは、例のアメリカ人男子学生とこのまえ行こうと思っていたのだが、平和な別れかたができなかったので、今日か明日にでもひとりで行くつもりだった。

男は珍しい花でも見る目つきでチケットを眺めていたが、

「でも、五時までここにいなくちゃいけないし……」

消極的な答えが返ってきた。なんであれ、自分から男性を誘ったことなどほとんどない翠は、男の後ろ向きな態度に少しむきになった。

「じゃあ明日は？　明日の金曜日。この美術館、金曜日は夜八時まで開いてるから、ここを片づけてから行ってもまにあいますよ」

男はなおも戸惑っているようだったが、「じゃあ、明日なら……」と、消え入りそうな声で返事をした。翠は、ほっとして「よかった」と自然に口走った。その言葉を聞いて、男の顔に笑みが浮かんだ。男の骨ばった手にチケットを渡して、翠も微笑んだ。

美術館の入口で六時に待ち合わせをした。じゃあ明日、と行きかけて、翠は振り返った。

「そうだ。私、名前もちゃんと言ってませんでしたね」

海外生活の長い女学生らしく、右手を差し出して言った。

「よろしく、貴田翠です」

男は、このまえと同じようにまぶしそうな目を翠に向けていた。翠は笑顔で小首をかしげて見せた。あなたの名前も聞かせてください、と促すように。

「す、鈴木《すずき》です」

恐る恐る右手を出した。指先に翡翠色の絵具がこびりついている手を、翠のやわらかな手がそっと握った。

明るい宵闇の中で、美術館は発光する巨大なオブジェのように輝いていた。

翠は六時ちょうどに入口に到着した。チケット売り場の前に鈴木が立っていた。翠の姿を見ると、ひょいと手を上げて合図した。最初、誰だかわからなかった。髪を切り、さっぱりと髭を剃《そ》って、清潔な白いシャツとジーンズを着ている。「わあ、別人」と翠は声を上げた。

「あんまり汚ないカッコで入ったら、失礼かと思って」

そんなことを言う。翠はくすくすと笑った。

「そんなにおかしいかな」と鈴木は困惑している。

「いえ、そんな」と翠はなおも笑いながら言った。「すてきですよ、とっても」

金曜の夜に美術館が開館しているのを知っている人は少ないのだろう。常設展示室にはほとんど人影がなかった。ふたりは一階からゆっくりと時間をかけて名作の数々を鑑賞した。

翠は自分が好きな作品の前に立つと、「この作品は、この画家の最盛期《プライム》のものですね」とか、「この構図がなんとも微妙なんですよね」などと細やかに説明したり感想を述べたりした。作品の前に立ったとき、思ったことをできる限り口にしてみよ、とは、パドヴァ大学で師事する教授の口癖だ。そうでなくとも、翠は何かしら鈴木に親切にしたい思いにかられていた。こざっぱりと身なりも整えてきて見る気満々なんだから、何か少しでも持ち帰ってほしい、と願っていた。鈴木はおだやかな表情で、翠の説明にじっと耳を傾け、うなずきはしても、終始無言のままだった。

当館はあと三十分で閉館いたします、とアナウンスが流れてきた。翠はギャラリーの突き当りにある大きな窓へ近づいていって外を見た。皇居の森がこんもりと深い闇を作っている。ガラスに館内の様子が映し出されている。ふと、鈴木が何かの作品に食い入るように見入っている姿が、暗い窓の中に浮かび上がって見えた。翠は、真黒な森の中にぽつりと浮かび上がる後ろ姿をみつめた。

ひょろりと瘦せた立ち姿。両腕を組んで、作品を正面から見据えている。顔は見えないが、真剣に見入っているのがわかる。やがて後ろ姿は次の作品へ、また次の作品へと遠ざかっていく。翠の目はそれを追いかける。

やはり誰かに似ている。どこかで会ったような気がする。こうして窓の中で遠ざかっていく姿を、いつか見たことがある……。

鈴木の姿が消えた。翠は振り向いて、急ぎ足でギャラリーへ戻った。いくつかの部屋をのぞいたが、どこにもいない。急に不安になった。

「鈴木さん」

声に出して呼んだ。返事がない。もう一度呼んでみた。廊下の角から、「はい？」と、ひょっこり顔がのぞいた。ほっとして、翠は足早に近づいていった。

「びっくりした。もう帰っちゃったかと思った」

そう言うと、鈴木はにっこりした。

「まさか。どこにも行きませんよ」

その言葉は、不思議に翠の心を落ち着かせた。

ふたりが最後に行き当たったのは、東山魁夷《ひがしやまかいい》の作品〈道〉だった。

さわやかな夏の草原に、一本の道が通っている。まっすぐに、手前から奥へとやがて消えゆく道。どこまでも続く長い道。吹き渡るさわやかな風とあふれんばかりの草いきれまでが感じられる画面に、ふたりは長いこと見入っていた。

「この作品を描くことで、画家は多くのものを得たんでしょうね」

沈黙のあとに、翠はそう言った。

「あざやかな色彩、無駄のない構図、落ち着いたタッチ。理想的なスタイルを得て、次の段階《フェーズ》に移行することができたんだわ」

鈴木はやはり黙って聞いていたが、やがておだやかな声でひと言、言った。

「多くのものを捨てたんだと、僕は思います」

翠は、鈴木のほうへ顔を向けた。絵に向き合ったままで、鈴木は続けた。

「全部捨てた。そうしたら、道が見えてきた。この絵を見ていると、そんなふうに感じます」

独り言のような、何気ないつぶやき。それなのに、静かな真理があった。

鈴木の言葉は、まぎれもなく画家の言葉だった。それは、池に投げ込まれた小石のように、ぽちゃりと小さなしぶきを上げて、翠の心の底に沈んでいった。

思い出したように腕時計を見ると、「そろそろ行きましょうか」と鈴木が言った。

翠はすぐにはうなずかなかった。その絵の前を立ち去りがたい思いにかられていた。

ふたりは、その日、美術館を出た最後の鑑賞者となった。軽く食事でも、と翠は思っていたが、鈴木がさきに「これから仕事があるので、もう行きます」と告げた。

少し寂しい気持ちになったが、翠は礼を述べた。

「今日は、付き合ってくださってありがとうございました。とても楽しかった。と言っても、私が一方的にしゃべってただけですけど」

苦笑すると、鈴木も笑った。

「いえ。なかなかこういう機会もないものですから……たまには、ほんものを見なければいけませんね」

「ええ。もしこのさきも描き続けるつもりならばね」

鈴木が才能ある作家であるのかどうか、わからない。けれど、描き続けてほしい、と祈りをこめて、翠は言った。

「いつか、鈴木さんご自身の道をみつけてください。私も、みつけますから」

翠をみつめる鈴木の視線は、まっすぐだった。

「ええ。必ず」

その声に迷いはなかった。翠は一度だけ、うなずいた。

表通りでタクシーを止めた。翠は乗りこみながら、「じゃあ」と短く別れを告げた。

鈴木は何も言わずに軽く手を振った。

じゃあ、またいつか会いましょう。

ほんとうは、そう言いたかった。けれど、もう会えない気がした。だから言わなかった。

車が走り出した。翠は振り向いて、リヤウィンドウの向こうにぽつんと立つ鈴木の姿をみつめた。遠くなる。どんどん、遠くなる。小さく小さく、白いシャツが白い点になっていく。

やがて道のかなた、車のヘッドライトの洪水の中にかすんで消えた。

作品番号二十九番。

その作家の名前は、鈴木明人《あきひと》といった。友山からその名を聞いた瞬間、翠の記憶の回路がすべて繋がった。

鈴木。二十年以上まえ、道端で絵を売っていた男の苗字《みょうじ》だ。

明人。幼い頃に別れた兄の名前だった。

偶然の一致かもしれない。けれど、翠がその日見た作品に描かれていた風景は、ずっと昔、兄と戯《たわむ》れた畑の中の道の風景であり、そして色使いと筆触は、まちがいなく表参道の道端で目にした水彩画そのものだった。

友山と電話で話しながら、翠は、全身に心臓の鼓動が響き渡るのを止められなかった。友山に気づかれないように、さりげなく尋ねる。

「連絡先を知りたいんだけど。メールアドレスか電話番号か……」

『いくら先生とはいえ、個人情報ですからねえ』友山は意地の悪いことを言う。

『でもまあ、私から連絡して、ご本人の了解を得たらお知らせしますよ』

翠はこっそりと胸をなで下ろした。

「じゃあお願いするわ」

『ずいぶんご執心ですね。まあ確かに、私もいち押しだったんですよ、あの作品。単純だけど静かな力があふれてましたよね。無駄なものを全部捨てた、というか……』

そう聞いて、自然と微笑が浮かんだ。

すぐに連絡をくれる約束をして、いったん電話は切れた。しめ切り間近の原稿を書きながら、翠は待ちきれない思いがした。

もしも、あの画家が、あの鈴木だったら。

そして、あの鈴木が、兄だったら。

そう考えただけで、キーを叩く指が震えた。

母の死後、自分は裕福な家庭の養女になった。いったい何が起こったのか、どうしてそうなったのか、養父母は決して話してはくれなかった。結果、翠は幸福に、健やかに成長した。年老いた養父母に感謝こそすれ、過去の秘密を聞きたいなどとはもはや思わない。ただ、自分の意志とは無関係に痛む古傷のような思いがある。

自分には、兄がいた。

その過去を変えることはできない。けれどその事実に向き合うこともないまま、四十年近くを生きてきた。

道端で絵を売っていた鈴木。てれくさそうに笑う顔を、少年の兄に重ねてみる。いまとなっては、どちらの顔もはっきりと覚えていない。ただ、鈴木に出会ったとき、どこかで会ったことがある、と強く感じたことは覚えている。

二十年以上まえのできごと――国立近代美術館の夜のできごとが脳裏に浮かんだ。東山魁夷の作品、〈道〉の前で鈴木が口にしたひと言が、いまさっき聞いたかのようによみがえる。

――全部捨てた。そうしたら、道が見えてきた。この絵を見ていると、そんなふうに感じます。

あの言葉が、「作品番号二十九番」に繋がったのだと思いたかった。

友山から電話がかかってきたのは、翌日の昼過ぎだった。前夜は寝つかれず、朝から焦《じ》れて待っていた翠に、予想もしなかった結果を友山は告げた。

『きのうから電話をしているんですが、〈現在使われておりません〉って流れてくるんです。番号違いかと思って電話局に連絡して調べたんですが、使用停止になっているようです』

メールアドレスも携帯番号も応募用紙には記されていなかったと言う。作品を返却するのに連絡できないのは困る、と友山も困惑している。

「住所を教えてください。手紙書いてみるから」

翠がそう言うと、友山は驚きを隠せない様子だった。

『貴田翠にそこまで惚《ほ》れこまれるとはなあ。この作家、大物になりますね』

さすがに折れて、友山は住所を教えてくれた。東京郊外、多摩地域の住所だった。車でなら一、二時間ほどで行ける。翠の心は決まった。

「ありがとう。返事がきたら、お伝えするわ」

すると、友山が『そうだ。手紙を書くんでしたら、本名をお知らせしましょうか』と言った。

『鈴木明人ではなくて、本名は、鈴森明人……』

えっ。

――鈴森。……鈴森翠。すずもり・みどり。

それは、かつて翠の名前だった。鈴森明人は、まちがいなく兄の名前だった。

電話を切って、翠は呆然《ぼうぜん》と立ち尽くした。「先生？」と京香が心配そうに声をかけてきたが、もう何も聞こえなかった。車のキーをつかんで、部屋を飛び出した。

マセラッティは郊外へ延びる幹線道路をひた走った。そのあいだじゅう、翠は祈っていた。

もしも、もしも……もしも。

いまから会う人が、あの鈴木だったら。そして、兄だったら。

もしも、いまから会う人が、たとえあの鈴木でなかったとしても。ましてや兄でなかったとしても。

このさきも描き続けてくれる画家であることを、ただ祈った。

幹線道路から細い路地に入った。民家のあいだをすり抜けるようにして、ハンドルを切る。いくつかの角を曲がったところで、急に視界が開けた。

いちめん、青々と波打つ水田が広がっている。そのあいだをまっすぐに切り裂くようにして、細い一本道がずっと先まで続いている。翠は目を凝らした。

古い、くたびれた道だ。ずいぶん昔に舗装されたままなのだろう、コンクリートの道はひび割れてがたがたになっている。減速して、あたりを見回す。不思議ななつかしさが胸に募る。

窓を全開にすると、初夏のすがすがしい風が吹きこんできた。その風を頬で受けて、翠はようやく確信した。

この道は、あの道だ。幼い頃、母と兄と三人でたどった、あの道だ。

日が暮れるまで兄と戯れた道。兄が、大きなお城を描いてくれた道。

泣きじゃくりながら、兄と最後に別れた道。

涙がこみ上げた。ただ、なつかしかった。おにいちゃん、と翠は、そっと声に出して呼びかけてみた。

――帰ってきたよ――おにいちゃん。

カーナビが指し示す赤いフラッグの地点に、翠の車は到着した。車を降りると、目の前に広がる水田に向かって深呼吸する。濃厚な草の匂《にお》い、夏の初めの匂いがする。

四十年近く止まったままだった時計が、少しずつ少しずつ動き始める。

その家は、時間に取り残されたような平屋建ての市営住宅の一棟だった。あちこちひび割れたすりガラスの引き戸。その前に立って、翠は静かに朽ちかけた家をみつめた。

引き戸を軽く叩いてみた。返事がない。何度か間を置いて叩いた。家の中で、誰かが出てくる気配があった。すりガラスの向こうの影に向かって、思い切って名乗ってみた。

「貴田翠と申します。新表現芸術大賞に出品された作品の件で、伺いました」

影がぴたりと動きを止めた。胸を高鳴らせて、翠はその瞬間を待った。

がたがたと音を立てて、引き戸が少しだけ横に開いた。そのすきまに現れた顔を見て、翠は息をのんだ。

少女だった。中学生だろうか、制服を着ている。真っ赤に泣き腫《は》らしたような目を翠に向けている。翠はしばらく言葉を失って、ようやく「鈴森明人さんは……」となつかしい名を口にした。

少女は黙っている。みしみしと廊下がきしむ音がして、がらっと引き戸が全開になった。

中年の女性が現れて、「どちらさまでしょうか？」と訊《き》いてきた。一瞬ひるんだが、「こちらは、画家の鈴木明人——鈴森明人さんのお宅ですよね？　鈴木さんが応募された美術賞の関係者です。電話で連絡したのですが、つながらなかったので伺いました」

一気に答えた。

少女の赤い目がかすかに震えた。女性は翠の顔を無言で眺めていたが、ふっとため息をこぼして視線を足もとに落とした。そして、祈りの言葉でもつぶやくように告げた。

「先週、亡《な》くなりました。この子のお父さん——鈴森さんは」

画家のアトリエに、翠は通された。

古びた市営住宅のあちこちに、翠の記憶が呼び覚まされる。

柱の傷。「あきひと」「みどり」と刻んである。お化けみたいでこわいと泣いた、天井の木目。畳はさすがに替えたのか、タバコの焦《こ》げ跡はない。

六畳、四畳半と小さな台所。水道の蛇口がゆるくて、タイルを貼ったシンクの上に、ぽたんぽたんと規則正しく水滴が落ちていた。六畳間に、母と兄と翠、布団《ふとん》を並べて敷いた。布団の中は、兄と翠の王国。怪獣に襲われる翠を、いつも兄が助けてくれるのだ。

四畳半には、束にして重ねられた画用紙。さまざまな色調の青と緑の水彩絵の具。お茶の缶に突き立てられた汚れた絵筆。擦り切れてぺちゃんこの座布団が一枚。

翠は、その座布団の上に座って、狭い部屋の中を見渡した。少女が茶碗《ちゃわん》をひとつ、運んできて、翠の前に差し出した。少女の中学校の担任だという女性、西川佳代子《にしかわかよこ》が、破れた襖《ふすま》をそっと閉めて、少女の横に正座した。襖の模様は野菊のままだった。

少女の名は、彩《あや》といった。鈴森明人のひとり娘だった。お父さんは画家だったのね？　という翠の質問に、「仕事は別のことをしていたけど、いつも絵を描いていたから、画家だったと思う」。彩はそう答えた。

西川教諭の話では、父と娘がこの家に引っ越してきたのは五年ほどまえのこと。明人はかつてこの家に暮らしていたが、小学生のとき孤児になり、施設に入った。その後成人して家庭を持ち、娘が生まれたが、彩が幼い頃に母親は他界した。明人はひとりで娘を育て、働きながらこつこつと絵を描いていたようだが、五年まえにがんを患《わずら》い、生活が困窮してこの市営住宅に戻ったのだという。入退院を繰り返す父の看病で休みがちだった彩を、西川教諭は見守ってきた。明人が回復することを共に祈りながら。

三ヶ月ほどまえ、病院に見舞った西川教諭に、お願いがあります、と明人は言った。描きかけの大作があるんです。けれど、どうやら完成させるだけの気力も時間も、私には残されていないようです。

その作品を、ある賞に出そうと思っていました。応募の締め切りは来月ですが、先生、その絵を出していただけませんでしょうか。

ええ、描きかけです、わかっています。けれど、審査員のうち、ひとりだけ、きっと気づいてくれる人がいます――誰がそれを描いたのかを。

「あなたのことでしょうか？」

西川教諭が訊いた。翠は黙ってうなずいた。

約束通り西川教諭は作品を梱包《こんぽう》し、「鈴木明人」の名前でほとんど白紙に近い経歴書を書き、締め切りの前日に発送を済ませた。そのあとしばらく、明人にかすかな活力がよみがえった。抗がん剤の副作用に苦しみながらも、彩と共に枕《まくら》もとで画集を広げ、スケッチブックに色鉛筆を走らせもした。最後の、ひだまりのような日々だった。

そして、その日がやってきた。

混濁する意識の中で、明人は、彩、と娘に呼びかけた。

――ずっと、秘密にしてたんだけどな。お父さんには、妹がいるんだ。……たったひとりの。だから、お父さんがいなくなっても、お前はひとりじゃないんだよ。

秘密にしてて……ごめんな。

それが父から娘への、最後の言葉だった。

「あなたのことでしょうか？」

もう一度、西川教諭が訊いた。翠の頰を流れる涙が、その答えだった。

ずっと押し黙っていた彩は、翠の正面に正座すると、突然、両手を畳について深々と頭を下げた。

「ごめんなさい。許してください」

畳に伏せた肩が小さく震えている。返す言葉をみつけられずに、翠は一途《いちず》にうずくまる背中をみつめた。

「お父さんのあの絵……最後に、私が塗ったんです。田んぼの、みどり色のところが白かったから……お父さんに秘密で、私が塗りました」

ごめんなさい、ごめんなさい。

ぼたぼたと畳の上に涙を落して、少女は何度も何度も謝った。

翠は、あの作品の風景を思い出していた。作品のすみずみまでが、ありありと心に浮かんだ。

畑の中の翠色が、ごく薄くなっている箇所があった。わざとそうしているとしか思えないほど、ひどく下手な塗り方だった。けれど、だからこそその部分は輝いていた。まぶしく白い木もれ日が集まっているように。

「あの絵……失格なのでしょうか」

西川教諭が、残念そうな声を出した。翠は首を横に振った。

「傑作です」

そう言った。

彩は、顔を上げて翠を見た。涙をいっぱい流した顔。

翠はそっと両腕を広げて見せた。ずっと昔、母が、兄がそうしてくれたように。まっすぐに飛びこんでくるたおやかな体を、しっかりと受けとめられるように。

車のエンジンをかけて、窓を下ろす。

西川教諭と並んで、彩が立っている。真っ赤な目を翠に向けているが、もう涙はない。

「じゃあ、来週末にもう一度来るからね。必ず」

彩はこくりとうなずいた。そのまま微笑んだ。口もとにえくぼが現れるのを見て、翠も微笑む。窓を閉めかけると、西川教諭が、「あの、すみません」と、思いきったように声をかけた。

「実は……私、鈴森さんに頼まれていたのに忘れていたことがあって。経歴書に添付してほしい、って言われていたものがあるんです。ずっと気になっていて……それ、お渡ししてもいいでしょうか」

翠は首をかしげた。西川教諭は急いで家の中へ戻ると、小さな紙切れを手にして現れた。

「これを」

窓の中に差し入れられたのは、近代美術館の半券だった。

翠は古ぼけて黄ばんだ紙片をみつめた。そして、ほんの数秒、目を閉じた。それから、半券をサンバイザーに挟むと、

「じゃあ、行きます。この道を」

そう言った。西川教諭と彩は、笑顔になって手を振った。

車はゆっくりと発進した。バックミラーに手を振る彩が映っている。大きく大きく手を振っている。遠くなる。どんどん、遠くなる。

次の週末、もう一度ここへ帰ってきたときに——この道を一緒に行こうよ、と告げたら、彩は驚くだろうか。

青田がのびやかに風になびいている。午後の日差しに白々と輝いて、道はどこまでも続いている。

解説

上白石萌音

また泣いてしまった。わたしはこの本を何度読んでも、毎度堪《こら》えきれずにボロボロ泣いてしまう。嬉《うれ》しかったり切なかったり、いろんな種類の感情で涙腺《るいせん》が刺激されるのだが、ひとことで表すなら「こんなことがあるなんて……」という気持ちだろうか。原田マハさんが紡《つむ》ぐ物語は、ささやかでありながらとてもドラマチックだ。

以前、ご縁あってこの『常設展示室』の単行本の帯にコメントを書かせていただいた。「この本は美術館への招待状だ」というような言葉が採用されたのだが、改めて本書を読むと我ながらこの言葉に共感する。読んでいると美術館に行きたくてうずうずしてくるのだ。物語に登場する絵をこの目で見てみたいと思う。そして、美術館に行けば、わたしも登場人物たちのように運命の一点に出会えるかもしれない、と夢見てしまう。

この小説で描かれるのは「常設」の展示室。地下鉄の駅に大々的にポスターが貼《は》られているような企画展ではなく、その美術館が所有している作品をいつでも見ることができる展示室のお話だ。そこは、美術館が誇る宝物の部屋。そして、いつでもわたしたちを待ってくれている部屋だ。本書『常設展示室』もまた、わたしにとってそんな存在である。いつも変わらずそばにある、静かで温かい部屋のようなのだ。

全部で六つの物語からなる短編小説集。各章で描かれるのは、運命的とも必然的とも言えるさまざまな「出会い」だ。絵画や画家との出会いをはじめ、人との出会い、仕事との出会いなど。そしてそれらとの時を越えた「再会」の物語でもある。

実際、アートとは「二度出会う」ことがよくある。まずわたしたちは暮らしの中で、たくさんのアート作品と意識的ないし無意識的に出会っている。例えば街中のポスターやデザイン、学校の美術の授業など、あらゆる場所で。そして美術館に行くと、それらの「実物」に再び出会うことができる。どこかで目にしたことがある有名な作品を、目の前で、触れそうな距離で鑑賞することができるのだ。本書には、そうやって作品と「二度目に出会う」瞬間――心が大きく動くその瞬間が、繊細に、そして美しく紡がれている。

それで言うとわたしも、マハさんとは「二度出会って」いる。一度目は書店で『フーテンのマハ』を手にした時、二度目はご本人の目を見てご挨拶《あいさつ》した時。その二つの出会いをつないでくれたのが、まさにこの『常設展示室』なのだ。『フーテンのマハ』は、ご友人とともに日本各地を巡るグルメ旅行記だ。クスクス笑いながら夢中で読んで、その後すぐに「この人が書く物語を読みたい」と思った。そこからご著書を読み漁《あさ》るわたしに母が贈ってくれたのが、この『常設展示室』。二十一歳の誕生日プレゼントだった。マハさんによる「アート小説」を読むのはそれが初めてで、わたしはいたく感動した。ページをめくる手と、溢《あふ》れる涙と、アートへの憧《あこが》れを止めることができなかった。読み終えてすぐ、母に「今すぐ読んで」と贈られたばかりの本を差し戻し、この頃を境に美術館巡りがわたしの趣味となった。しばらくして、テレビ番組でこの本を紹介したのをきっかけに単行本の帯コメントをご依頼いただき、その縁でご本人にお会いすることができたという運びだ。ちなみにその「二度目の出会い」は二〇一九年初秋の京都にて訪れた。清水寺で開催された、マハさんが手掛ける初の展覧会『CONTACT』展にお声がけいただき、休日の朝に新幹線に飛び乗って会いに行ったのだ。マハさんとはそれ以来とても親しくさせていただいている。

先日、マハさんとある美術展にご一緒した。会場内を巡りながらお隣でひそひそと解説をしていただくという、なんとも贅沢《ぜいたく》で夢のようなひとときだった。そのときのマハさんのアートに向ける眼差《まなざ》し、語る言葉の一つ一つ、どれもが本当に素敵で感動的だったのだが、わたしがその日最も「原田マハ」を感じたのは、展示室を出た直後のことだった。「少しだけお時間いいかしら」と断ったあと、鞄《かばん》から携帯を取り出して、その展覧会のキュレーターさんに電話をかけたのだ。それは短いながらも情熱的な通話だった。展示を心から楽しんだこと、空間の使い方が絶妙だったこと、特にあの一室が画期的で素晴らしかったこと……美しく的確な言葉で賛辞を贈る姿を少し離れて見つめながら、「まさにこのひとが原田マハさんなのだ」ということを、うすぼんやりと、しかしずっしりと、遅ればせながら実感したのだった。

キュレーターとして働いていらしたマハさんは「アート」を実に多角的に描く。作品を生み出すアーティストだけではなく、その作品を見つける人、所有して扱う人、手に入れようとする人、人々に紹介する人、そして観客として出会う人など、一枚の絵を取り巻く大勢の人たちの姿が描かれる。絵に触れる人の情熱や愛着などといった「気持ち」と、それをビジネスとして扱う人の冷静で現実的な「気持ちだけではない」部分、どちらも知り尽くしていらっしゃるからこその描写なのだ。それに加えて、マハさんはアーティストを心から尊敬し敬愛するファンでもある。彼らのことを描きとった文章には、まるで旧友のことを、ひいては自分自身のことを語っているかのような説得力が宿っている。知識と愛情。その絶妙なバランスによって、わたしたちはごく自然にアートの世界へと誘われていく。

誘われるだけではなく、その楽しみ方を教わることもできる。例えばこの作品には、『群青 The Color of Life』を筆頭に、幼い子どもとアートとの出会いがとても印象的に描かれたシーンが多い。純粋な心で絵を見つめ、そこに描かれている人物と真《ま》っ直《す》ぐに会話をする子どもたち。彼らのことを愛らしく思うのと同時に、「こんなふうに絵と向き合えばいいのか」と気づかされるのだ。専門的な知識がなくとも、心を真っ白にして、絵画とわたし、一対一の空間でただ対話をすればいいのだという、マハさんからのアドバイスのようにも受け取れる。

わたしが特に好きなのは、最終章の『道 La Strada』だ。そのあまりの切なさと温かさに、初めて読んだ時は文字通り頭を抱えてしまったものだ。読み返してみるとこの章だけ異質であることに気づいた。他の章が、ピカソ、フェルメール、ラファエロ、ゴッホ、マティスと、世界的な画家の絵画を主軸にして描かれているのに対し、この物語を動かす絵は、鈴木明人という名もなき画家によるものなのである。そこに秘められた意味を悟った時、なんだか視野をぐっと広げられたような気がして、わたしはもう一度泣いた。これは完全に個人的な解釈によるものだけれど、人の人生それそれに「傑作」が存在するのだということ、そして、今や世界中で大規模な展覧会が開かれるような有名な画家も、出だしは名もなき画家だったということをそっと教えられたような気がしたのだ。

この章でその扉を閉じる『常設展示室』。そこに漂っているのは、マハさんのアートに対する広くて深い目一杯の愛情と、アート界の未来への切なる祈りなのではないだろうか。

（令和三年九月、女優）

この作品は二〇一八年十一月新潮社より刊行された。

新潮文庫最新刊

石田衣良著
清く貧しく美しく
30歳・ネット通販の巨大倉庫で働く堅志と28歳・スーパーのパート勤務の日菜子。非正規カップルの不器用だけどやさしい恋の行方は。

山本文緒著
自転しながら公転する
中央公論文芸賞・島清恋愛文学賞受賞
恋愛、仕事、家族のこと。全部がんばるなんて私には無理！ ぐるぐる思い悩む都がたどり着いた答えは——。共感度100％の傑作長編。

瀬名秀明著
ポロック生命体
人工知能が傑作絵画を描いたらどうなるか？最先端の科学知識を背景に、生命と知性の根源を問い、近未来を幻視する特異な短編集。

望月諒子著
殺人者
相次ぐ猟奇殺人。警察に先んじ「謎の女」へと迫る木部美智子を待っていたのは!? 承認欲求、毒親など心の闇を描く傑作ミステリー。

遠田潤子著
銀花の蔵
私がこの醤油蔵を継ぐ——過酷な宿命に悩みながら家業に身を捧げ、自らの家族を築こうとする銀花。直木賞候補となった感動作。

伊藤比呂美著
道行きや
熊日文学賞受賞
夫を看取り、二十数年ぶりに帰国。〝老婆の浦島〟は、熊本で犬と自然を謳歌し、早稲田で若者と対話する——果てのない人生の旅路。

常《じょう》設《せつ》展《てん》示《じ》室《しつ》

Permanent Collection

新潮文庫　は-63-4

令和三年十一月一日発行
令和四年十一月十五日六刷

著者　原《はら》田《だ》マハ

発行者　佐藤隆信

発行所　株式会社新潮社

郵便番号　一六二―八七一一
東京都新宿区矢来町七一
電話 編集部(〇三)三二六六―五四四〇
読者係(〇三)三二六六―五一一一
https://www.shinchosha.co.jp

価格はカバーに表示してあります。

乱丁・落丁本は、ご面倒ですが小社読者係宛ご送付ください。送料小社負担にてお取替えいたします。

印刷・大日本印刷株式会社　製本・加藤製本株式会社

© Maha Harada 2018　Printed in Japan

ISBN978-4-10-125964-2 C0193